D1722148

... total verknallt in Anne

Originaltitel: S.P. likes A.D., © 1989 by Catherine Brett
Published by The Women's Press,
517 College Street, Suite 233, Toronto, Ontario M6G 4A2

Die Deutsche Bibliothek – CIP-Einheitsaufnahme
Brett, Catherine: *... total verknallt in Anne* /
Catherine Brett. Aus dem kanadischen Engl. von Margarete Längsfeld. –
1. Aufl. – Ruhnmark : Donna Vita, 1994
ISBN 3-927796-27-1


Postfach 5 – Post Husby
D-24973 Ruhnmark

1. Auflage 1994

Übersetzung: Margarete Längsfeld
Lektorat: Andrea Krug
Titelfoto: Ines de Nil
Satz und Gestaltung: Types, Berlin
Druck: Clausen und Bosse, Leck

Wir danken The Canada Council für die Unterstützung
bei der Herausgabe dieses Buches.

CATHERINE BRETT

# ... TOTAL VERKNALLT IN ANNE

Aus dem kanadischen Englisch
von Margarete Längsfeld

DonnaVita

*Dank an Kathy.*

*Mein besonderer Dank gilt Ann und Heather.*

*Für Gill*

# 1. KAPITEL

Montags ging es in der Schule immer besonders lebhaft zu. Auf den Fluren wurde mehr geschwatzt und gedrängelt, alle wirkten munterer als sonst. Erholt und erfrischt nach dem Wochenende, hatten sie montags mehr Energie in sich als freitags.

Stephanie war auf dem Weg zur ersten Unterrichtsstunde: Mathe. Sie hatte Probleme mit Mathe. Nicht, weil sie das Fach nicht mochte, sondern weil sie es nicht kapierte. Eigentlich liebte sie Zahlen, es gefiel ihr, wenn sie in ordentlichen Reihen untereinander angeordnet waren, und sie mochte die Form der Zahlen an sich. Nur wenn sie zu allerlei mathematischen Kunststücken gezwungen wurden, konnte sie nichts mit ihnen anfangen.

Sie setzte sich auf ihren Platz ganz hinten im Klassenzimmer, breitete ihre Bücher auf dem Pult aus und wartete, daß die Lehrerin kam und mit dem Unterricht begann.

„Rate mal, was ich eben gehört habe!" Stephanies Freundin Devi setzte sich auf den Platz neben ihr. „Es ist einfach unglaublich." Devi mußte aus allem ein Drama machen. Das konnte manchmal richtig peinlich werden.

„Was?"

„Lisa hat's mir heute morgen erzählt." Devi schlug ihr Mathebuch auf und blätterte bedächtig, fast träge die Seiten um.

So machte sie es immer. Sie nahm sich ewig Zeit, um zu sagen, was sie eigentlich doch so dringend loswerden wollte. Und das nervte Stephanie jedesmal.

„Was?" fragte sie wieder, ein bißchen unwillig.

In diesem Augenblick kam Ms. Simpson, die Lehrerin, ins Klassenzimmer und schloß die Tür. Von jetzt an würde es schwierig sein, mit Devi zu schwatzen, denn Ms. Simpson duldete keinen Laut neben ihrer eigenen einschläfernden Stimme. Stephanie wurde noch genervter und warf ihrer Freundin einen drohenden Blick zu, den Devi hochmütig erwiderte. Stephanie fand, wenn sie sich nicht schon so lange kennen würden, könnte sie ohne weiteres auf Devis Freundschaft verzichten. Manchmal hatte Stephanie den Eindruck, daß die Menschen ihr um so mehr auf die Nerven gingen, je länger sie sie kannte.

„Schlagt bitte Seite fünfundvierzig auf", sagte Ms. Simpson.

„Rate mal, wer in dich verknallt ist!" zischte Devi.

„Wer?" fragte Stephanie. Sie fragte es zu laut.

„Ruhe, bitte!" sagte Ms. Simpson. „Seite fünfundvierzig, Übung Nummer vier, Aufgabe sechs."

„Wer?"

Devi hätte die Spannung gerne noch um zehn Minuten verlängert, aber Reden war schwierig, sogar gefährlich, und das verdarb ihr den Spaß. Stephanie stellte fest, daß Devi tatsächlich ein bißchen verärgert aussah.

„Wer?"

„Eric Sullivan."

„Eric Sullivan?"

„Sag' ich doch."

„Stephanie und Devi, würdet ihr bitte still sein! Dies ist nicht der geeignete Moment für eine Unterhaltung."

Eric Sullivan besuchte denselben Geschichtskurs wie Stephanie. Ein netter Kerl. Sah gut aus. Witzig. Aber soweit Stephanie das beurteilen konnte, schien er sich nicht besonders viel aus ihr zu machen.

„Meinst du das im Ernst?"

Devi beugte sich zu Stephanie hinüber, damit Ms. Simpson nichts merkte.

„Lisa hat's mir erzählt. Sie muß es wissen."

Stephanie begriff nicht recht, wieso Lisa es wissen mußte oder warum Devi sich blindlings auf Lisa verließ. Aber es könnte stimmen. Vielleicht war es wahr. Es gab schlimmere Typen als Eric Sullivan, die sich in einen verknallen könnten. Das Problem war, daß Stephanie sich nichts aus Eric Sullivan machte. Er war ein netter Kerl, intelligent und witzig, und irgendwie mochte sie ihn auch, aber doch nicht *so!*

„Ist das nicht irre?" Wieder beugte sich Devi gespannt zu Stephanie hinüber.

Aus dieser Bemerkung schloß Stephanie zweierlei: 1. daß ein Mädchen (gemeint war Stephanie) verrückt sein müsse, den einmaligen Eric Sullivan nicht zu mögen, und 2. daß Devi in Eric Sullivan verknallt war.

Nun, Stephanie war nicht in Eric verknallt. Das Problem war, daß Stephanie für Eric Sullivan und die anderen Jungen, die auf sie standen, nichts übrig hatte. Gar nichts. Null.

Eine Person gab es jedoch, die Stephanies Herz höher schlagen ließ, so daß sie dachte, es könnte stehenbleiben. Eine Person, für die Stephanie seit Beginn des Schuljahres schwärmte. Was Devi wohl sagen würde, wenn sie ihr erzählte, wen sie gern hatte? Es fehlte nicht viel, und sie hätte sich verschwörerisch zu ihrer Freundin hinübergebeugt und geflüstert: „Ich mach' mir nichts aus Eric Sullivan – ich find' Anne Delaney toll!"

Auch Anne Delaney besuchte denselben Geschichtskurs wie Stephanie. Und denselben Englischkurs. Vom ersten Moment an war Stephanie in Anne verknallt gewesen. Es war wirklich verrückt, so stark für jemanden zu empfinden, mit dem sie noch nie ein Wort gewechselt hatte. Noch dazu für ein Mädchen. Es war verrückt und unglaublich verwirrend.

So hatte Stephanie noch nie für jemanden empfunden; es war ein dermaßen starkes Gefühl, daß sie nicht einmal recht wußte, was es war. Wie konnte sie das auch wissen, wenn sie es noch nie zuvor empfunden hatte? Sie versuchte, „Gründe, warum ich Anne Delaney toll finde" aufzulisten, schrieb aber nur siebzehnmal hin: „Ich weiß es nicht." Stephanie wußte nur, daß das Gefühl größer und stärker war als sie selbst und sich nicht zügeln ließ. So sehr sie sich auch bemühte, nicht an Anne Delaney zu denken, es endete jedesmal damit, daß sie nur noch mehr an sie dachte. Ihre Leistungen in Englisch und Geschichte ließen nach, weil sie die ganze Zeit nur Anne Delaney im Kopf hatte.

Stephanie fürchtete, daß Anne Delaney sie eines Tages ansprechen könnte und sie zu keiner Antwort fähig sein würde. Oder schlimmer noch, daß sie etwas so Dummes sagen würde, das dümmer wäre als dumm. Zum Glück hatte Anne Delaney nie etwas zu ihr gesagt. Nichts. In viereinhalb Monaten kein einziges Wort. Warum?

Stephanie sah auf ihr zugeklapptes Mathebuch und merkte, daß sie Ms. Simpson überhaupt nicht zuhörte. Es war gefährlich, an Anne Delaney zu denken. Wenn sie an sie dachte, hörte ihre Welt auf, sich zu drehen. Sie konnte sich Anne Delaney nur dann aus dem Kopf schlagen, wenn sie an Knochen dachte und an Paläontologie, die Lehre von den Lebewesen vergangener Epochen. Ihre Leidenschaft für Knochen war vielleicht noch stärker als ihr Gefühl für Anne Delaney. Oder sie erforderte vielleicht einfach mehr Konzentration. Stephanie zeichnete einen Oberschenkelknochen auf den Umschlag ihres Heftes. Davon wurde es auch nicht besser.

Das Schlimmste war, daß eigentlich gar nichts passierte, wenn sie mit ihren Gedanken bei Anne Delaney war. Anne Delaney war einfach nur da. Sie rührte sich nicht, sie sprach nicht. Sie stand nur herum. Einmal hatte sie an einem Tisch gesessen. Stephanie versuchte, sich Anne Delaney dabei vorzustellen, wie sie etwas tat, aber es gelang ihr nicht. Sie stand einfach da und machte ein Gesicht, als wäre ihr alles egal. Stephanie hatte auch versucht, sich mit Anne Delaney zusammen vorzustellen, aber in dem Moment, wo sie sich selbst vor Augen hatte, sah sie Anne Delaney nicht mehr, und sie stand da, allein und verwirrt.

Stephanie zeichnete das Schulterblatt eines Pferdes.

„Achtung, Test!" zischte Devi, und richtig, Ms. Simpson begann, Aufgaben an die Tafel zu schreiben. Stephanie stöhnte. Manchmal schien ihr aber auch alles total ungerecht.

# 2. Kapitel

Als Stephanie aus der Schule kam, schneite es. Es schneite zur Zeit andauernd, und dabei war der Winter erst halb vorbei. Zum Glück war es ein Schneien, wie Stephanie es mochte – große, dichte Flocken, die träge vom Himmel schwebten. Nicht so ein Schnee, den einem ein scharfer Wind schräg ins Gesicht bläst, so daß er auf der Haut und in den Augen beißt.

Stephanie trödelte auf dem Nachhauseweg. Warum waren ihre Freundinnen bloß so zimperlich und fuhren mit dem Bus? Sie hatte ihre Schulbücher in eine Plastiktüte gestopft, damit sie nicht naß wurden, und sie sich unter den Arm geklemmt. Im Schnee sah die Welt still und feierlich aus, und das gefiel ihr. Es gefiel ihr, wie der Schnee die Stadt verdunkelte, so daß die Straßenlaternen eingeschaltet werden mußten, damit die Menschen sich in der Weiße zurechtfinden konnten.

Während sie so dahintrödelte und sich über den Schnee freute, sah sie plötzlich Anne Delaney. Weiter vorne am Briefkasten. Stephanies erster Gedanke war, sich zu verstecken, und sie sah sich hastig nach etwas um, wohinter sie sich ducken könnte. „Sei nicht albern!" sagte sie sich. „Du brauchst dich nicht zu verstecken. Selbst wenn sie sich umdreht, kann sie dich im Schnee nicht erkennen. Und wenn sie dich doch erkennt, wird sie sich nichts dabei denken."

Anne Delaney. Stephanie strengte im dichter werdenden Schneetreiben die Augen an, um jede Bewegung wahrzunehmen. Sie hätte sich denken können, daß Anne Delaney nicht zimperlich war, daß ein bißchen Schnee Anne Delaney nicht zwingen konnte, mit dem Bus nach Hause zu fahren. Stephanie war neugierig, wo Anne wohnte. Sie hatte sie noch nie nach Hause gehen sehen, dabei hatte sie es vom ersten Schultag an heimlich gehofft. Anne Delaney bog am Briefkasten um die Ecke, und Stephanie hastete durch den Schnee, um sie nicht aus den Augen zu verlieren. Sie war gut hundert Meter hinter Anne Delaney, und sie hielt sich dicht an Telefonmasten und Laternenpfähle – nur für alle Fälle. Anne Delaney ging nicht besonders schnell. Vielleicht liebte auch sie den Schnee und genoß es, draußen an der frischen Luft zu sein. Oder vielleicht ging sie einfach immer langsam.

Stephanie hatte niemandem erzählt, daß sie für Anne Delaney schwärmte. Einerseits wußte sie nicht recht, was sie eigentlich fühlte. Andererseits wußte sie, daß es niemand verstehen würde. Wenn sie in Eric Sullivan verliebt wäre, könnte sie es aller Welt erzählen, und alle würden sich freuen. Aber dies war etwas anderes. Du konntest ohne weiteres sagen, daß du lieber Erdbeereis magst als Schokolade, wenn alle anderen lieber Schokolade mochten. Aber deinen Freundinnen erzählen, daß du für ein Mädchen schwärmst, das war etwas ganz anderes.

Als Stephanie im ersten Schuljahr war, hatten zwei Mädchen sich einmal in der Pause an den Händen gehalten, und ein paar Kinder hatten „Lesben, Lesben" gerufen. Niemand wußte, was „Lesbe" bedeutete. Vermutlich wußten es nicht mal die Kinder, die es riefen. Aber alle hatten verstanden, daß es als Schimpfwort gemeint war. Alle dachten, es sei etwas Schlimmes.

Jedesmal, wenn Stephanie einen Ausdruck wie „lesbisch" oder „Lesbe" oder „homosexuell" hörte, hatte es einen verächtlichen Klang gehabt. Als sie einmal als Kind mit ihrer Familie in einem Park gewesen war, waren zwei Frauen eng umschlungen über den Rasen gegangen. Ihr Vater hatte in verächtlichem Ton gesagt: „Guckt euch bloß diese Lesben an!" Es klang wie „Guckt euch bloß diese Monster an!". Er hatte sich aufgeführt, als wären sie nicht nur anders, sondern abartig, böse.

Stephanie wußte, daß Lesben Frauen waren, die sich zu anderen Frauen hingezogen fühlten. Aber war sie lesbisch, wenn sie in Anne Delaney verliebt war? War sie deswegen irgendwas? Sie konnte nichts dafür, daß sie in Anne Delaney verliebt war. Es war einfach geschehen, und sie war machtlos dagegen. Warum mußte das etwas Schlechtes sein? Vielleicht war es nichts Schlechtes. Aber wenn es das nicht war, warum meinten die Leute dann, es wäre etwas Schlechtes?

Anne Delaney hatte die Straße überquert und bog wieder um eine Ecke. Stephanie überquerte ebenfalls die Straße, und plötzlich merkte sie, daß sie nicht mehr auf dem Heimweg war. Sie folgte Anne Delaney nach Hause. Warum? Wieder eine Frage, auf die sie keine Antwort wußte. Stephanie hatte das Gefühl, daß sie vieles, was sie dieser Tage tat, einfach tun *mußte.* Weil ihr nichts anderes übrig blieb. Es war, als würde ihr Leben von ihren Gefühlen geleitet. Von einem einzigen, starken Gefühl.

Anne Delaney blieb plötzlich stehen und drehte sich um, und Stephanie warf sich in eine Schneewehe. Wenn Anne nun gemerkt hatte, daß sie verfolgt wurde? Was würde sie denken? Was hatte das zu bedeuten? *Was hatte das zu bedeuten?* Was hatte überhaupt etwas zu bedeuten? Stephanie lag bäuchlings im Schnee, die Arme seitlich ausgestreckt, und dachte über diese Fragen nach. Es waren sehr gute Fragen. Fehlten nur noch die entsprechenden Antworten. Stephanies Gesicht wurde eiskalt im Schnee, und sie stand leicht zitternd auf. Anne Delaney war weitergegangen und befand sich nun weit voraus, und Stephanie mußte rennen, um den Abstand zwischen ihnen zu verringern.

Anne Delaney drehte sich noch ein paarmal um, und jedesmal mußte Stephanie hastig und um jeden Preis aus ihrem Blickfeld springen. Einmal zwängte sie sich sogar durch eine Hecke, und als sie weiterging, hatte sie kleine Zweige in ihren schneeverkrusteten Haaren. Sie bekam allmählich eine Wut auf

Anne Delaney. Warum mußte sie sich dauernd umdrehen? Und warum war sie noch nicht zu Hause? Sie hatte anscheinend einen dreimal so weiten Schulweg wie Stephanie. Und wenn sie so weit weg wohnte, warum ging sie dann zu Fuß? Warum konnte sie nicht mit dem Bus fahren wie jeder normale vernünftige Mensch?

Stephanie blieb stehen. Es war verrückt, Anne zu folgen, und sie wußte nicht mal, warum sie es tat. Wozu also weitermachen? Stephanie beschloß, aufzugeben. Anne Delaney überquerte wieder eine Straße. Stephanie fand, sie sei schon zu weit gegangen, um aufzugeben, und überquerte hastig ebenfalls die Straße.

Und plötzlich war es vorbei. Anne Delaney war in die Zufahrt zu einem grauen Hochhaus eingebogen und im Eingang verschwunden. Stephanie blieb an einem Telefonmast stehen. Ihre Füße wurden kalt im Schnee. Und jetzt? Jetzt wußte sie, wo Anne Delaney wohnte. Na und?

Vielleicht würde sie im Schnee zum Eingang kriechen und ermattet aufstehen, um zu klingeln. Und wenn Anne Delaney sich über die Sprechanlage meldete, würde Stephanie langsam (wegen der Taubheit in Körper und Stimme) erklären, sie sterbe vor Kälte, bis hierher habe sie es geschafft, aber sie könne nicht weiter. Und vielleicht würde Anne Delaney die Treppe hinunterflitzen und sie ins Haus bringen und ihr etwas Heißes zu trinken machen und mit ihr über ihren Mut und ihr todesnahes Erlebnis sprechen und Stephanie bei sich zu Hause behalten – für immer.

Stephanie schniefte laut und kramte in ihrer Manteltasche nach einem Papiertaschentuch. Sie stampfte ein paarmal mit den Füßen auf, um die Kälte zu vertreiben, dann drehte sie sich um und machte sich langsam auf den Heimweg.

# 3. KAPITEL

Oben in ihrem Zimmer stellte Stephanie eine Liste auf von allem, was sie bis Ende des Monats erledigen mußte. Sie war schon auf der zweiten Seite.

Unten konnte sie ihren Bruder Mark rufen hören, der ihre Mutter oder ihren Vater oder beide Eltern nach verschiedenen Dingen fragte, die er im Laufe seines Lebens verlegt hatte. Mark zog ins Studentenwohnheim an der Uni und mühte sich verzweifelt, innerhalb einer Woche seine ganze Habe zusammenzusuchen. Am 8. Januar mußte er zurück an die Uni.

„Meine Angel!" brüllte er eine Etage tiefer.

„Deine Angel?" erwiderte die Mutter erstaunt. „Du bist nicht mehr angeln gewesen, seit du zehn warst. Wann hast du zum letzten Mal auch nur ans Angeln gedacht?"

„Wo ist sie?"

„Ich hab' sie verschenkt."

„Du hast sie verschenkt!?"

Stephanie würde ihren Bruder vermissen. Er war praktisch ihr bester Freund, und sie waren nie längere Zeit getrennt gewesen. Als er im September keinen Platz im Studentenwohnheim bekommen hatte, dachte sie, sie würde ihn noch ein Jahr bei sich haben, und insgeheim war sie froh gewesen. Als zu Beginn des zweiten Trimesters ein Zimmer frei wurde, hatte sie sich irgendwie betrogen gefühlt. Sie würde ihn vermissen – aber erst später. Vorerst wünschte sie nur, er würde endlich den Mund halten. Sie kritzelte eine Angel an den Rand ihres Blattes.

Eigentlich sollte Stephanie jetzt keine Listen aufstellen. Eigentlich müßte sie das Bewerbungsformular für den Kunstwettbewerb an ihrer Schule ausfüllen. Aber es war ein so umfangreiches Formular, und während sie versuchte, sich die Abmessungen ihres Vorhabens zu überlegen, war sie auf andere Gedanken gekommen. Sie hatte die Abmessungen vollkommen vergessen und mit der Liste angefangen. Es war einfacher, eine Liste zusammenzustellen von Dingen, die erledigt werden mußten, als diese Dinge tatsächlich in Angriff zu nehmen. Außerdem rechnete sie nicht mal mit einer lobenden Erwähnung. An dem Wettbewerb konnte sich die ganze Schule beteiligen, und sie, erst im 9. Schuljahr, mußte es mit den höheren Jahrgängen aufnehmen.

Trotzdem ... ihr Kunstlehrer war von ihrem Projekt begeistert. Bei dem Kunstwettbewerb ging es um eine Plastik, die vor der Schule aufgestellt werden sollte. Der Siegerin oder dem Sieger sollten alle Kosten für die Anfertigung und Aufstellung bezahlt werden, und der Name sollte auf einer Tafel am Fuß der Plastik eingraviert werden. Stephanies Projekt war eine Skulptur, die sich aus der Zusammenstellung verschiedener Elemente ergab. Das Besondere an ihrer

Idee war, daß ihre Plastik aus nachgebildeten Knochen verschiedener Dinosaurier bestehen sollte, wobei die Knochen so angeordnet wurden, daß sie einen riesigen Dinosaurierkopf ergaben. Aus Rippenknochen sollte der Umriß des Kopfes geformt werden. Ein Beckenknochen sollte die Schädelplatte bilden. Die Kiefer sollten aus Beinknochen und die Zähne aus den Dornfortsätzen einer Stegosaurierwirbelsäule gebildet werden. Die Knochen sollten (in korrekten Proportionen) zuerst in Gips modelliert und dann in Beton gegossen werden.

Stephanie beteiligte sich hauptsächlich wegen ihres Interesses für Dinosaurier an dem Kunstwettbewerb. Sie hatte nun mal eine Schwäche für Knochen. Sie wollte Paläontologin werden. Sie war zufrieden mit ihrer Idee für die Plastik; denn Paläontologinnen fanden Dinosaurierknochen schließlich auch nicht als vollständiges Dinosaurierskelett angeordnet. Sie fanden sie in zusammengewürfelten Haufen, so ähnlich wie bei ihrer geplanten Plastik.

„Knieschützer!" rief Mark.

Stephanie fragte sich, wieso Mark ein solches Interesse an Sportausrüstungen zeigte, die er zuletzt mit zehn Jahren benutzt hatte. Vielleicht dachte er, wenn er seinen ganzen Krempel mit ins Wohnheim nähme, würde er sich dort heimischer fühlen.

Sie legte ihre Liste hin und nahm sich das Bewerbungsformular wieder vor. „Abmessungen." Groß. Nein, „groß" wollten sie nicht, sie wollten Zahlen. Dreieinhalb Meter. Das war die Zahl, die ihr als erste in den Sinn kam. Unter „Höhe” schrieb sie „dreieinhalb Meter.”

Der letzte Abgabetermin für die Bewerbung war Dienstag morgen um neun Uhr. Heute war Montag. Montagabend. Und es waren immer noch zwei Seiten Fragen übrig, deren Antworten stundenlang überlegt sein wollten, und dann mußte sie skizzieren, wie die fertige Plastik aussehen sollte. Stephanie schätzte, daß sie morgen früh um neun Uhr das Bewerbungsformular immer noch nicht vollständig ausgefüllt haben würde. Sie konnte noch so zeitig mit irgendwas anfangen, es wurde immer erst in letzter Minute fertig. Vielleicht brauchte sie zu lange für das Aufstellen von Listen. Irgendwas stimmte nicht mit ihrer Arbeitseinteilung.

Es gab zur Zeit so vieles zu erledigen. Das 9. Schuljahr war viel schwerer als die vorhergehenden Jahre. Stephanie hatte die Schule gewechselt, was verwirrend und aufregend zugleich war. Ihre alte Schule war klein und gemütlich gewesen, und sie hatte so gut wie alle Schülerinnen und Schüler gekannt. Die neue Schule war groß und hektisch. Obwohl Stephanie schon ein Vierteljahr hier war, kannte sie sich noch nicht richtig aus. Sie hatte nicht das Gefühl, zu ihrer Schule zu „gehören”. Hin und wieder verirrte sie sich immer noch. Die meisten Schülerinnen und Schüler hier waren viel älter als sie. Zwar hatte sie eine Menge gute Bekannte im 9. Schuljahr, aber sie besuchten nicht alle dieselben Kurse wie sie, und oft war sie mit lauter fremden Mädchen und Jungen zusammen. Da sie schüchtern war, schloß sie nicht leicht Freundschaft, und es gab viele, mit denen sie noch nie ein Wort gewechselt hatte. Die neue Schule schlauchte sie ganz schön.

Mark hatte es aufgegeben, nach seinen Sachen zu rufen, und plötzlich war es unnatürlich still im Haus. Stephanie nahm sich die nächste Frage auf dem Bewerbungsformular vor. „Abmessungen". Schon wieder Abmessungen. Noch mehr Abmessungen. Was wollten sie? Sie hatte Mühe genug gehabt, ein einziges Maß zu nennen. Es war zuviel von ihr verlangt, genau zu wissen, was sie machen würde. Sie fand, Leute, die Formulare entwarfen, hatten einfach kein Verständnis für diejenigen, die sie ausfüllen mußten. Stephanie fragte sich, ob es wohl Leute gebe, die nichts anderes taten als Formulare zu entwerfen. Formularschreiber, die an einem Schreibtisch saßen und sich den lieben langen Tag Fragen ausdachten wie „Zweck des Vorhabens?" und „Voraussichtliches Datum der Fertigstellung?". Ein entsetzlicher Gedanke. „Zweck des Vorhabens?" Was sollte sie darauf antworten? In die kleine Spalte, die auf dem Formular dafür vorgesehen war, schrieb Stephanie: „Braucht es den?".

# 4. KAPITEL

Stephanie ging zu Mark ins Zimmer. Ihr Bruder stand neben seinem Bett und starrte auf sein Regal. Er ließ sich durch ihr Kommen nicht stören. Vielleicht hatte er sie gar nicht bemerkt. Sie durchquerte das Zimmer, wobei sie vorsichtig mehreren Kleiderhaufen auf dem Boden auswich, und stellte sich neben ihren Bruder.

„Was guckst du da?"

„Meine Sachen." Mark seufzte und sah sie an. „Ich hab' wohl doch mehr Zeug, als ich dachte. Ich weiß nicht, was ich mitnehmen und was ich hierlassen soll. Wo kommt das bloß alles her?" Er wirkte ehrlich erstaunt darüber, daß es ihm in seinen achtzehn Lebensjahren gelungen war, überhaupt etwas anzusammeln.

Beide sahen wieder auf das Regal. Bücher und Spiele, Schachteln und Schallplatten, von Kind an gesammelt, waren an jeden verfügbaren Platz des vom Fußboden bis zur Decke reichenden Regals gestopft.

Stephanie plumpste auf die Bettkante.

„Ich will nicht, daß du weggehst." Sie ließ sich hintenüber fallen, verschränkte die Hände hinter dem Kopf und betrachtete die Zimmerdecke. „Kann ich dein Planetenbuch haben?"

„Vielleicht."

„Und das Buch über Meeresbiologie?"

„Ich weiß nicht." Mark langte hinauf und zog eine Schachtel vom obersten Regalbrett. „Mein Zimmer im Wohnheim ist noch kleiner als dies hier!" sagte er entrüstet. „Ich kann von Glück sagen, wenn ich überhaupt was mitnehmen kann." Er stellte die Schachtel aufs Bett und nahm den Deckel ab. „Du hattest immer das größte Zimmer."

„Ich hab' nicht um das größte Zimmer gebeten."

„Aber du hast es gekriegt."

Sie verstummten und dachten über diese unumstößliche Wahrheit nach.

Stephanie drehte sich auf die Seite und stützte sich auf den Ellenbogen, um zu sehen, was ihr Bruder machte. Mark baute eine Plastik-Burg auf. Als er klein war, war sie sein Lieblingsspielzeug gewesen.

„Warum gehst du auf die Uni, wenn du nicht weißt, was du werden willst?"

„Was sollte ich denn sonst anfangen?" Mark hatte inzwischen eine Mauer und einen Turm aufgestellt. „Vielleicht wird mir ja auf der Uni klar, was ich werden will. Es ist schwierig, wenn man nicht weiß, was man mit seinem Leben anfangen soll." Er setzte geschickt den nächsten Turm zusammen. „Du hast es gut. Du hast deine Knochen."

Stephanie sagte nichts. Nach allem, was passiert war, war es ihr im Moment kein Trost, ihre Knochen zu haben.

„Weißt du", sagte sie nach einer Weile, „es ist eigentlich nichts Besonderes, wenn man gut mit toten Gegenständen umgehen kann. Ich wünsche mir oft, ich könnte besser mit lebenden Dingen umgehen." Sie sah zu, wie Mark versuchte, die Zugbrücke an der Burgmauer zu befestigen. „Mit Menschen."

„Was für Menschen?"

„Einfach Menschen."

Mark, der auf dem Fußboden gekniet hatte, stand nun auf und kramte in seinem Regal.

„Was suchst du?"

„Die Ritter. Erinnerst du dich nicht? Die blöde Zugbrücke hat nie richtig funktioniert, und wenn sie oben war, mußte ich immer den schwarzen Ritter als Stütze dagegen lehnen."

„Im Burggraben."

„Richtig, den Burggraben hab' ich vergessen." Wieder kramte er hektisch in Schachteln. Der Burggraben war eine große Kunststoffplane mit einem aufgedruckten blauen Kreis. Am Ende besonders grausamer Ritterspiele hatten sämtliche Ritter und Pferde rund um diesen blauen Ring gruppiert gelegen – die Ärmsten hatten vorzeitig ihr Leben lassen müssen.

„Mark?"

„Hm." Mark hatte den Burggraben und die Ritter gefunden und breitete die Kunststoffplane auf dem Bett aus.

„Ich muß dir erzählen, was für eine Dummheit ich heute gemacht habe."

„Schieß los! Ist es eine interessante Dummheit?"

„Bloß eine Dummheit." Stephanie stöberte in der Schachtel mit den Rittern. Sie suchte ihren Lieblingsritter – den mit dem weißen Pferd und der roten Lanze.

„Aber das, weshalb ich die Dummheit gemacht habe, ist keine Dummheit." Stephanie fand es viel schwieriger, als sie gedacht hatte, dabei hatte sie es im Geiste hundertmal geübt.

„Was hast du angestellt?"

Stephanie drehte sich wieder auf den Rücken und sprach zur Decke.

„Ich bin nach der Schule jemandem nach Hause gefolgt."

„Warum?"

Das war eine gute Frage. Stephanie hielt den Plastik-Ritter mit beiden Händen hoch und betrachtete die Unterseite des Pferdes. Entlang dem Bauch verlief an der Stelle, wo die Figur aus der Form genommen worden war, eine Naht. Solche Nähte hatte der Ritter auch an den Sohlen seiner Schuhe. Oder waren es Stiefel? Oder einfach bloß Füße?

„Ich mußte es tun", sagte sie grimmig, während sie entschied, daß es Stiefel waren.

„Warum?"

„Ich mußte rauskriegen, wo sie wohnen."

„Wo *sie* wohnen? Hattest du nicht gesagt, du bist einer Person gefolgt?" Mark sah sie verwundert an. „Wie vielen Personen bist du nach Hause gefolgt?"

„Einer." Stephanie beugte sich vor und stellte den Ritter in den Burggraben. „Anne." Laut gesagt klang er seltsam, der Name, der ihr seit Wochen im Kopf herumspukte. Ausgesprochen hörte er sich fast gar nicht wie der richtige Name an.

„Und das war nicht einfach." Stephanie setzte sich auf. „Sie hat sich ein paarmal umgedreht, und ich mußte schnell hinter Masten und Bäume springen. Und auf ihrem Heimweg gibt es nicht genug richtig große Bäume. Ist dir schon mal aufgefallen, daß es nirgends mehr richtig große Bäume gibt? Wo sind die großen Bäume geblieben?" Sie verstummte plötzlich, und Mark wußte nicht recht, ob er ihr antworten sollte oder nicht; er hatte aber nie darüber nachgedacht, und deshalb hatte er keine Ahnung. Er wollte sich gerade eine Antwort ausdenken, als Stephanie weitersprach.

„Und sie hat es echt weit. Meilenweit. Ich weiß nicht, wie sie das schafft, jeden Tag zu Fuß zur Schule und nach Hause zu gehen. Ich hab' mir auf dem Heimweg eine Blase gelaufen." Stephanie schob ihren Ritter mit der roten Lanze aus dem Burggraben auf den grünen Teil der Kunststoffplane. Sie hatte es nicht leicht. Manchmal war sie so bedrückt, daß sie nicht länger schweigen konnte. Sie mußte jemandem von Anne Delaney erzählen. Und Mark stand ihr von allen Menschen am nächsten, ihm hatte sie immer alles zuerst erzählt. Sie wollte, daß er wußte, was los war. Indem sie Anne nach Hause gefolgt war, hatte sie im Hinblick auf das Gefühl, das sie überwältigte, endlich etwas *getan*, auch wenn die Tat eine Dummheit war. Und nachdem sie etwas getan hatte, wollte sie es jemandem erzählen. Aber es war nicht leicht. Sie wußte nicht recht, ob Mark es verstehen würde oder ob sie es richtig erklären konnte. Oder ob sie es selbst überhaupt verstand.

„Warum?” fragte Mark.

„Ich weiß nicht.” Und das stimmte. Stephanie wußte es wirklich nicht. Aber das schien Mark nicht zu beunruhigen. Er konzentrierte sich in erster Linie auf die Vollendung seines Bauwerks.

Nein. Sie konnte es ihm nicht sagen. Vielleicht würde sie es irgendwann besser erklären können, dann würde sie es ihm erzählen. Aber jetzt nicht.

„Was willst du jetzt mit der Burg machen?” fragte sie.

„Nichts. Ich dachte, ich baue als nächstes den Bauernhof auf.”

„Willst du mit deinen ganzen alten Spielsachen spielen?”

„Vielleicht.” Mark kramte wieder im Regal. „Es ist so eine Art Abschied.”

Das verstand Stephanie. Sie nahm schon seit Monaten Abschied von Mark. Sie ging zur Tür.

„Ich muß Hausaufgaben machen. Wenn du das Schlachtschiff auspackst, komm mich holen.”

# 5. KAPITEL

Am Ende der folgenden Woche wurden die Ergebnisse des Skulpturenwettbewerbs in der Schule bekanntgegeben. Sie wurden zuerst in Stephanies Kunstkurs vorgelesen und dann am späten Nachmittag in der ganzen Schule verbreitet. Stephanies Plastik war aus zwei Dutzend Bewerbungen ausgewählt worden. Sie konnte es kaum fassen. Als Mr. Hassam ihr sagte, daß sie die Siegerin sei, fragte sie ihn, ob es wahr sei – ob es auch wirklich wahr sei. Sie hatte nie damit gerechnet, den Wettbewerb zu gewinnen, ja sie hatte gar nicht daran gedacht – oder nur ein bißchen. Daß sie gewinnen könnte, hatte sie eigentlich nicht für möglich gehalten. Den Rest des Nachmittages saß sie wie betäubt im Unterricht, während sich in den Pausen immer wieder andere Mädchen und Jungen um sie scharten und ihr gratulierten. Alles kam ihr vollkommen unwirklich vor, wie durch einen Dunstschleier, verzerrt und verschwommen.

Bis sie nach Hause kam, hatte sie sich schon ein bißchen an die Neuigkeit gewöhnt. Dann wurde sie von panischer Angst vor der Durchführung des Projekts erfaßt. Stephanie stürmte in das leere Haus, zog an der Tür hastig Mantel und Stiefel aus, warf ihre Schulbücher auf die Erde und raste in die Küche zum Telefon. Ihre kalten Finger mühten sich mit den Ziffern. Es läutete zweimal. Dreimal. Jemand hob ab.

„Mom?"

„Hallo, Stephanie."

„Mom, ich hab' gewonnen."

„Was hast du gewonnen?"

„Den Skulpturenwettbewerb. In der Schule."

„Das ist ja super!"

„Nein, ist es nicht."

„Nein?"

„Nein", jammerte Stephanie. „Denn jetzt, wo ich gewonnen habe, muß ich das Ding wirklich bauen."

„Na und?"

„Du hast ja keine Ahnung, was für Abmessungen ich angegeben habe."

„Abmessungen?"

„Für die Plastik. Sie wird unglaublich groß. Ich kann das einfach nicht." Stephanie ließ sich gegen den Türrahmen fallen. „Groß", stöhnte sie ins Telefon. „Groß. Riesig. Gewaltig. Ungeheuer."

„Kind, du übertreibst."

„Aber das Format ist so groß. Wenn ich gewußt hätte, daß ich gewinnen würde, hätte ich es kleiner gemacht."

„Hast du nicht damit gerechnet, daß du gewinnen könntest?"

„Nein."

„Warum hast du dann mitgemacht?"

„Na ja, vielleicht hab' ich ja mit dem Gedanken

gespielt. Einmal vielleicht. Nur ganz kurz. Aber ich hätte es nicht wirklich für möglich gehalten."

„Du bist zu voreilig." Ihre Mutter klang vorwurfsvoll. „Du nimmst dir nicht genug Zeit zum Nachdenken."

„Gar nicht wahr", sagte Stephanie, dabei wußte sie ganz genau, daß es wahr war.

„Bleib mal dran, Stephanie." Die Stimme ihrer Mutter wurde leiser, sie schien jetzt mit jemand anderem zu sprechen. Stephanie wartete an den Türrahmen gelehnt, bis ihre Mutter wieder an den Apparat kam.

„Stephanie?"

„Ja."

„'tschuldigung."

„Bist du im Streß?"

„Und wie."

„Soll ich auflegen?"

„Nein, nein."

„Gut." Stephanie konnte es nicht ausstehen, wenn sie Gespräche mit ihrer Mutter plötzlich abbrechen mußte, weil ihre Mutter zuviel zu tun hatte.

„Mir scheint, du brauchst Hilfe bei deiner Plastik. Wenn sie so groß ist, kriegst du sie allein nicht hin."

„Ich kann von Glück sagen, wenn ich überhaupt irgendwas allein hinkriege."

„Könntest du nicht eine Gruppe organisieren, die dir bei der Hauptarbeit am Schluß hilft? Beim Gießen und Aufstellen?"

Stephanie überlegte einen Moment. Es stimmte, bei der Anfertigung der Plastik würde sie am meisten

Hilfe brauchen, beim Planen und Skizzieren weniger.

„Gute Idee. Falls ich Leute finde, die mitmachen wollen."

„Ich wette, das ist kein Problem für dich. Frag' einfach nach."

Stephanie überlegte wieder.

„In Ordnung", sagte sie nach einer Weile. „Ich frag' mal nach." Mit der freien Hand verdrehte sie die Telefonschnur. „Aber was ist mit den Knochen?"

„Welchen Knochen?"

„Ich meine die Dinosaurierknochen."

„Was soll damit sein?"

„Ich hab' keine Ahnung, wie man Dinosaurierknochen macht. Ich weiß nicht, wie sie aussehen oder wie groß sie werden müssen und so."

„Hättest du dir das nicht vorher überlegen können?" Ihre Mutter klang wieder vorwurfsvoll.

„Nein."

„Aber du verstehst eine Menge von Knochen. Das ist dein Hobby."

„Das ist kein Hobby", sagte Stephanie gereizt. „Es ist mehr als ein Hobby. Das wird mein Beruf."

„Verzeihung."

„Ich kenn' mich mit Knochen aus. Mit Dinosaurierknochen. Ich weiß es bloß nicht *genau*. Und für diese Arbeit muß ich es *genau* wissen. Ich möchte nichts falsch machen. Das verstehst du nicht."

„Doch, doch."

Dann sprach Stephanies Mutter mit jemandem in ihrem Büro.

„Stephanie, ich kenne hier eine Frau. Eine von den Verfasserinnen der Lehrbuchreihe zur Sozialwissenschaft, an der ich mitgearbeitet habe. Sie ist Paläontologin. Genauer gesagt, pensionierte Professorin der Paläontologie. Sie hat sich letztes Jahr zur Ruhe gesetzt, glaube ich. Sie kann dir vielleicht Näheres über Dinosaurier sagen."

„Glaubst du?"

„Wir können es versuchen. Hör zu, ich ruf' sie an. Danach ruf' ich dich zurück, okay?"

„Okay."

Sie legten auf.

Stephanie setzte sich auf einen Stuhl und wartete auf das Klingeln des Telefons. Sie nahm einen Apfel aus der Holzschale und ließ ihn auf dem Tisch hin und her rollen. Die Plastik so groß zu machen war vielleicht gar nicht so schlimm, wie sie gedacht hatte. Sie würde auf alle Fälle überragend. Vielleicht sogar sensationell. Und sie würde immer da stehen, so lange, bis sie mit der Zeit verfiel. Als alte Frau könnte Stephanie an der Skulptur vorübergehen und sich erinnern, wie das war, als sie den Wettbewerb gewonnen und das Kunstwerk gebaut hatte. Der Gedanke an ihr zukünftiges Ich, das stolz an ihr jetziges Ich zurückdachte, gefiel Stephanie. Sie rieb den Apfel an ihrem Pullover ab und biß hinein.

Das Telefon klingelte.

„Hallo Mom."

„Hallo Stephanie."

„Hast du sie erreicht?"

„Ja. Das geht in Ordnung. Sie sagt, sie freut sich. Wenn ich zu Hause bin, geb' ich dir ihre Adresse. Ich hab' gesagt, du kommst morgen nach der Schule vorbei, okay?"

„Okay."

„Sie heißt übrigens Kate Burton."

„Okay."

„Noch was, Stephanie, könntest du wohl einen Salat machen? Die Zutaten sind im Kühlschrank. Ich komm' heute abend vielleicht ein bißchen später, du brauchst mit dem Essen nicht auf mich zu warten, wenn du nicht willst."

Stephanie biß wieder in den Apfel.

„Ich werde warten."

# 6. Kapitel

Am nächsten Morgen auf dem Weg zur Schule stellte Stephanie in Gedanken eine Liste von allen Dingen auf, die ihr Sorgen machten. Das tat sie regelmäßig, um ihre Probleme in den Griff zu bekommen und in die richtige Reihenfolge zu bringen. Heute morgen war die Liste äußerst kurz.

1. Anne Delaney
2. Dinosaurier-Skulptur

Es waren natürlich beides sehr große Probleme, und Stephanie konnte nur eines davon tatkräftig angehen. Sie konzentrierte sich auf die Dinosaurier-Skulptur. Vielleicht konnte diese Kate Burton ja ein paar Vorschläge für den Bau der Knochen machen. Aber bevor Stephanie zu ihr ging, mußte sie eine Arbeitsgruppe für das Projekt zusammenstellen. Sie mußte sich in der Schule umhören, wer Lust hatte, bei der Herstellung der Plastik zu helfen. Sie könnte im Kunstkurs fragen.

Stephanies Schulweg führte durch mehrere Straßen, über einen großen Platz und einen Parkplatz. Es waren kaum fünfzehn Minuten zu gehen, aber dies war ihre beste Zeit zum Nachdenken. Auf dem Weg zur Schule war ihr zum erstenmal bewußt geworden, daß sie in Anne Delaney verknallt war. Auf dem Schulweg hatte sie auch beschlossen, ihr Interesse für Knochen zum Beruf zu machen und Paläontologin zu werden. Aber es ärgerte Stephanie, daß sie plötzlich wie aus heiterem Himmel vor der Aufgabe stand, etwas zu verwirklichen. Sie hatte das Gefühl, als wären in ihrem Unterbewußtsein noch andere, nicht deutlich faßbare Gedanken. Alles schien unvorhergesehen zu geschehen, und sie war jedesmal überrascht. Stephanie war es leid, ständig über ihre eigenen Gedanken zu erschrecken. Konnte sie keine angenehmen, vorhersehbaren Gedanken haben? Vielleicht könnte sie sich bemühen. Vielleicht könnte sie einfach an angenehme, vorhersehbare Dinge denken, und dann würde sie angenehme, vorhersehbare Gedanken haben.

Auf dem restlichen Schulweg dachte Stephanie angestrengt an Wäsche und Geschirr. Aber bei Wäsche fielen ihr Kleider ein, und bei Kleidern Pullover, und bei Pullovern mußte sie ganz stark an Anne Delaney denken. Mit Geschirr war es auch nicht besser. Geschirr führte zu Abwasch. Abwasch zu Spülmittel. Spülmittel wurde aus Seife hergestellt. Seife aus Knochen. Schon war sie wieder bei Dinosaurierknochen und der Dinosaurier-Plastik. Egal, woran sie dachte, es endete immer bei ihren zwei Hauptsorgen: 1. Anne Delaney, 2. Dinosaurier-Skulptur. Stephanie fragte sich, ob es wohl möglich wäre, überhaupt nicht zu denken.

Vor dem Kunstunterricht fragte Stephanie Mr. Hassam, ob sie am Ende der Stunde etwas bekanntgeben dürfe.

„Wegen der Plastik?" fragte er.

„Wegen der Plastik", sagte Stephanie bedrückt.

Während der ganzen Stunde überlegte sie, wie sie die Bekanntgabe formulieren sollte. Sie versuchte sich eine gute Einleitung auszudenken. „Ich habe mich gefragt, ob ..." „Wie ihr vermutlich schon wißt, habe ich diesen – diesen Wettbewerb gewonnen ..." „Bitte! Ich brauche Hilfe." Aber jede Einleitung, die sie sich ausdachte, klang lächerlicher als die vorige, und als sie am Ende der Stunde ihre Bekanntgabe wirklich vorbringen mußte und Mr. Hassam sie von ihrem Platz vor die Klasse rief, war sie vollkommen durcheinander und hatte keine Ahnung, was sie sagen sollte.

Stille.

In der letzten Reihe hustete jemand.

Stephanie starrte auf ihre leicht ausgefransten Schnürsenkel.

Immer noch Stille.

„Also", sagte sie und verstummte wieder.

„Ich hab' diesen Skulpturen-Wettbewerb gewonnen", versuchte sie es von vorne. „Und ich kann das Ding nicht ganz alleine bauen. Ich meine, es hat riesige Abmessungen."

Stille.

„Ich brauche Hilfe bei der Anfertigung. Beim Gießen und Zusammensetzen. Es wird nicht so furchtbar lange dauern", fügte sie hastig hinzu. „Und es könnte Spaß machen", fuhr sie fort. Sie bemühte sich, vor der Klasse zuversichtlich zu klingen.

Bevor sie sich überlegen mußte, was sie sonst noch sagen könnte, griff zum Glück Mr. Hassam ein. Er meinte, die Mitarbeit an dem Projekt könnte sich positiv auf die Noten in Kunst auswirken. Sofort meldeten sich ein paar Freiwillige. Innerhalb von fünf Minuten hatten zehn Mitschülerinnen und Mitschüler Stephanie ihre Hilfe angeboten, und schon war sie ein bißchen beruhigt. Auch Devi und Eric Sullivan hatten zugesagt, bei dem Vorhaben zu helfen.

Später, nach dem Geschichtsunterricht, geschah etwas, das Stephanie zutiefst erschreckte und zugleich in Hochstimmung versetzte. Als sie sich über ihr Pult beugte, um ihre Bücher zusammenzupakken, und dabei an die Arbeitsgruppe dachte, rief jemand ihren Namen. Sie sah langsam hoch, in Gedanken noch bei den Dinosauriern, und blickte in Anne Delaneys Gesicht. Sie wäre am liebsten gestorben.

„Eric hat mir gesagt, du brauchst Hilfe, um deine Plastik zusammenzubauen." Es war passiert. Anne Delaney hatte Stephanie angesprochen. Stephanie hatte plötzlich das Gefühl, daß sie nicht mehr wußte, wer sie war. Sie versuchte, die Sprache wiederzufinden und schaffte es, ihre Stimme aus ihrem tiefsten Innern heraufzuholen.

„Ach ja?" Nein, nein. Falsch. Dämlich, ausgesprochen dämlich. Sie mußte es anders sagen.

„Ich meine, ja."

„Also, ich möchte gerne mithelfen. Ich weiß nicht, was ich tun kann, aber es klingt gut." Anne Delaney sprach ganz lässig, wie sie da stand, die Bücher unter den Arm geklemmt. „Sagst du mir Bescheid, wann du mich brauchst?"

Es war fast mehr, als Stephanie ertragen konnte. Sie sah auf den Fußboden.

„Klar", sagte sie. Ihre Stimme klang tief und undeutlich, weil sie den Kopf gesenkt hielt.

„Was?"

Stephanie hob den Kopf und sah Anne Delaney direkt in die Augen. Grüne Augen. Grüne Augen mit kleinen goldenen Sprenkeln. „Klar. Toll. Ich sag' dir Bescheid."

Stephanie sah Anne Delaney nach, als sie aus dem Klassenzimmer ging. Sie konnte es fast nicht glauben, daß es tatsächlich passiert war. Sie hatten miteinander gesprochen. Und es war Anne Delaney anscheinend nicht aufgefallen, wie nervös Stephanie gewesen war. Stephanie nahm schwungvoll ihre Bücher vom Pult. Aber würde sie überhaupt an der Skulptur arbeiten können, wenn Anne dabei war? Sie wäre ständig abgelenkt. Was würde geschehen, wenn ihre zwei Probleme an einem Ort beieinander wären?

„Stephanie!"

Sie drehte sich um. Eric Sullivan kam durch den Flur zu ihr getrabt.

„Hallo."

Er blieb stehen und schien weiter nichts zu sagen zu

haben, dabei hatte er sie doch in so dringlichem Ton gerufen.

„Ich glaube deine Plastik wird super", sagte er schließlich und starrte dabei auf den Boden. „Ich freu' mich drauf, mitzuhelfen."

„Toll, daß du mir helfen willst", sagte Stephanie. Sie verlagerte ihre Bücher von einem Arm auf den anderen. „Ich kann alle Hilfe gebrauchen, die ich kriegen kann."

„Ich wollte dich fragen", begann Eric, während er immer noch angestrengt auf die Fliese vor seinem linken Fuß starrte, „ob – ob du wohl mal was mit mir unternehmen magst. Vielleicht ins Kino gehen? Vielleicht diesen Freitag?"

O nein, dachte Stephanie. Sie betrachtete Erics gesenkten Kopf und wußte nicht, was sie sagen sollte. Sie wollte nicht mit ihm ausgehen. So toll fand sie ihn nicht. Aber er wirkte so nervös, daß er ihr leid tat. Und die anderen Mädchen gingen alle mit Jungen.

„Ich hab' zur Zeit soviel mit der Dinosaurier-Sache zu tun", sagte sie.

„Oh."

Stille.

Er tat Stephanie noch mehr leid.

„Aber vielleicht ein andermal", sagte sie, ehe sie sich's versah.

Eric sah gleich viel fröhlicher aus.

„Okay", sagte er und machte sich auf den Weg zu seinem nächsten Kurs. „Bis bald", rief er über die

Schulter, und Stephanie antwortete wie ein Echo: „Bis bald."

Vielleicht würde es nie ein Bald geben. Vielleicht würde Eric für ein anderes Mädchen schwärmen und Stephanie nicht wieder fragen, ob sie mit ihm ausgehen würde. Vielleicht konnte sie ihm für den Rest der Schulzeit einfach aus dem Weg gehen.

Stephanie ging rasch den Flur entlang. Sie hoffte, daß ihr heute nicht noch mehr passierte. Es war einfach zuviel gewesen.

# 7. KAPITEL

Kate Burton wohnte in einem alten Ziegelhaus am Stadtrand. Es hatte eine große hölzerne Vorderveranda und im ersten Stockwerk eine Tür nach draußen, die nirgends hinführte. Um zu dem Haus zu gelangen, hatte Stephanie mit dem Bus fahren, einmal umsteigen und dann noch eine Viertelstunde durch den Schnee stapfen müssen. Als sie ankam, war sie fix und fertig von den Ereignissen in der Schule und von dem Weg hierher. Sie hatte schon gar keine Lust mehr, eine fremde Frau kennenzulernen und sich wieder mit den Problemen des Dinosaurier-Projekts auseinanderzusetzen.

Nach dem dritten Klopfen wurde die Tür von einer kleinen, dünnen, grauhaarigen Frau mit Brille geöffnet. Sie erinnerte Stephanie an ihre Großmutter, die lange Zeit bei ihnen gewohnt hatte, bis sie vor fünf Jahren gestorben war.

„Hallo", sagte sie etwas zögernd. „Ich bin Stephanie Powell."

„Tag, Stephanie Powell." Die Augen hinter der Brille waren hell und lebhaft. „Komm herein." Die Frau hielt die Tür auf. „Es muß eiskalt sein da draußen."

„Und ob", sagte Stephanie grimmig. „Ich bin völlig durchgefroren."

Kate Burton lachte. „Du hörst dich wütend an."

„Bin ich auch", sagte Stephanie. „Nein, eigentlich nicht richtig wütend. Ich ärgere mich. Zur Zeit ärgere ich mich andauernd. Manchmal ohne Grund."

„Das liegt an deinem Alter."

„Meinen Sie?" Stephanie trat in die warme Diele.

„Als ich so alt war wie du", sagte Kate Burton, während sie sachte die Tür zumachte, „fand ich alles zum Davonlaufen – ich dachte, alle Dinge und alle Menschen hätten es darauf abgesehen, mir das Leben zur Hölle zu machen."

„Das vergeht doch wieder, nicht?" Stephanie folgte ihr in ein großes Wohnzimmer voller Bücherregale. Im Kamin brannte ein Feuer.

„Natürlich vergeht es wieder. Gib mir deinen Mantel, dann kannst du dich am Feuer aufwärmen."

Stephanie gab ihr gehorsam ihren Mantel und stellte sich an den Kamin.

„Dein Alter hat viele gute Seiten. Auf die solltest du dich konzentrieren." Kate Burtons Stimme kam gedämpft aus einem anderen Zimmer, und es schien Stephanie, als spräche sie aus der Tiefe eines Schrankes heraus. Stephanie hielt die ausgebreiteten Hände über die Flammen und spürte das Prickeln der Hitze in ihren Fingern. Das Haus gefiel ihr. Es wirkte freundlich und behaglich. Sie wünschte, sie hätte nichts davon gesagt, daß sie sich andauernd ärgerte. Es gehörte sich nicht, so etwas zu einer Frau zu sagen, die man eben erst kennengelernt hatte. Es war ihr einfach herausgerutscht, und Stephanie stellte fest, daß es ihr immer schwerer fiel, etwas für sich zu behalten. Alles, was in ihr war, ihre Gedanken und Gefühle, wollte anscheinend unbedingt in Worte gefaßt werden, und meistens war sie machtlos dagegen. Es schien, als könne sie es nicht mit dem Verstand lenken.

Kate Burton war wieder ins Wohnzimmer gekommen.

„Wir haben einen Baum gefällt", sagte sie. „Einen Ahorn. Groß und dick. Damit wir genug Holz für den ganzen Winter haben."

„Warum haben Sie oben am Haus eine Tür, die nirgends hinführt?" fragte Stephanie.

„Da muß früher mal ein Balkon gewesen sein. Oder die Tür diente dazu, unliebsame Gäste loszuwerden." Sie lächelte. „Wir lassen sie immer abgeschlossen."

Stephanie fragte sich, ob sie ein unliebsamer Gast sei. Immerhin hatte sie sich den Einfluß ihrer Mutter zunutze gemacht und diese Frau mehr oder weniger genötigt, ihr zu helfen.

„Magst du Abendbrot essen?"

„Abendbrot?" Plötzlich wurde Stephanie bewußt, daß es schon ziemlich spät war und sie seit der Mittagspause – ein Butterbrot und einen Apfel – nichts gegessen hatte.

„Ja, Abendbrot. Die Mahlzeit, die man am Ende des Tages zu sich zu nehmen pflegt."

„Klar. Das wäre prima."

„Und nach dem Essen können wir dein Projekt besprechen."

„Ach ja, mein Projekt." Stephanie hatte das Gefühl, als würde ein Damoklesschwert über ihr schweben. Bis zu diesem Moment hatte sie den Grund ihres Hierseins vollkommen vergessen gehabt.

„Du hörst dich ja ganz bedrückt an."

„Bedrückt bin ich eigentlich nicht." Stephanie suchte mühsam nach den richtigen Worten. „Mir ist bloß ein bißchen mulmig."

„Das ist ganz natürlich. Es ist eine gesunde Reaktion, daß man wegen etwas nervös wird, das einem am Herzen liegt."

„Ja?"

„Ja."

Stephanie folgte Kate Burton vom Wohnzimmer durch den Flur in die Küche, einen großen Raum mit einer langen, auf Böcke gelegten Tischplatte in der Mitte. Die Wände waren mit alten Zeitungsartikeln bedeckt.

„Ich habe Eintopf gekocht", sagte Kate, indem sie an den Herd trat. „Ich wußte nicht, ob du etwas essen wolltest oder nicht. Es ist jedenfalls genug da."

„Eintopf hört sich gut an." Stephanie versuchte zu vergessen, daß sie fast die ganze Woche hatte Eintopf essen müssen.

Stephanie hörte ein Geräusch an der Tür, die von der Küche in den Hof führte, und drehte sich um. Eine Frau, größer und jünger als Kate Burton, kam herein. Sie war über und über mit Schnee bedeckt und stampfte ihn auf der Fußmatte ab.

„Da bist du ja", sagte Kate, ohne sich vom Herd

abzuwenden. „Ich dachte schon, ich müßte dich holen gehen."

„Ich hatte auf dem Rückweg von den Schafen ein paar tiefschürfende Gedanken." Die Frau schüttelte immer noch Schnee von sich ab.

Jetzt drehte sich Kate Burton zu den beiden um. „Mary", sagte sie zu der Frau. „Das ist Stephanie Powell."

„Angelas Tochter?"

„Ja, Angelas Tochter."

„Ah", sagte die Frau namens Mary. „Du bist die, die das Knochending macht."

„Eine Plastik", ergänzte Kate Burton.

„Nein", sagte Stephanie, „im Moment ist es mehr ein Ding als eine Plastik."

„Setzt euch hin", sagte Kate, „dann trag' ich auf."

Mary und Stephanie gehorchten.

„Sie haben Schafe?" fragte Stephanie.

„Ein paar", sagte Mary.

„Vier", sagte Kate.

„Vier", wiederholte Mary. „Wir halten sie aus keinem besonderen Grund. Wir haben sie einfach."

„Wir haben sie, um uns das Leben schwer zu machen", sagte Kate, während sie tiefe Teller mit Eintopf an den Tisch trug.

„Das tun wir auch ohne Schafe. Wir haben sie einfach, weil wir sie haben." Mary zuckte die Achseln und griff nach dem Salz. „Erzähl mir von dem Knochending."

Stephanie hatte ihr Knochending schon wieder vergessen. „Kann ich mal Ihre Toilette benutzen?" fragte sie. Sie fand es weniger unhöflich, vor dem Essen zu gehen als zwischendrin. Außerdem konnte sie es so vermeiden, auf Marys Bitte zu antworten.

„Die Treppe rauf und dann rechts." Kate wies in Richtung Diele.

Die Treppe rauf und dann links waren zwei Zimmer. Die Türen standen offen. Stephanie warf rasch einen Blick hinein, bevor sie aufs Klo ging. Der erste Raum war offensichtlich ein Arbeitszimmer, mit Büchern an den Wänden und einem großen Schreibtisch, der fast eine ganze Wand einnahm. Der zweite Raum war ein Schlafzimmer. Kleiderschränke. Kleider über einen Stuhl am Fenster geworfen. Mitten im Zimmer ein Doppelbett. Stephanie trat diskret von der Tür zurück und sah am Badezimmer vorbei den Flur entlang. Am Ende des Flurs war noch ein Zimmer. Sie schlich auf Zehenspitzen hin. Dieser Raum war ein Atelier. Es enthielt einen Zeichentisch und Pinsel und Farben aller Art. Stephanie hörte das freundliche Stimmengemurmel unten und bekam ein schlechtes Gewissen, weil sie herumschnüffelte. Sie machte kehrt, ging ins Bad, schloß die Tür, stellte sich vor den Spiegel und sah sich an. Wenn es nur ein Schlafzimmer und nur ein Bett gab, dann mußten Kate Burton und Mary Soundso darin schlafen – *zusammen*. Sie war nicht sonderlich überrascht, als hätte sie es gleich gewußt, als sie Kate Burton zum erstenmal von „wir" sprechen hörte. Sie fand es ein bißchen aufregend, und einen kurzen, herrlichen Augenblick lang hatte sie die Vision, wie sie und Anne Delaney in einem Zimmer wohnten und in einem Bett schliefen.

„Stephanie", rief unten eine Stimme. Stephanie erschrak schuldbewußt. „Hast du dich verlaufen?"

„Nein. Ich komme schon."

# 8. KAPITEL

Einen Tag, bevor Mark ins Studentenwohnheim umzog, aß die ganze Familie gemeinsam zu Abend. Stephanie konnte sich nicht erinnern, wann sie in den vergangenen Jahren zuletzt alle zusammen gegessen hatten, abgesehen von den traditionellen Familienmahlzeiten an Geburtstagen und Weihnachten. Mark kam oft nicht zum Essen nach Hause, weil er lange in der Uni blieb oder bei Freunden war. Stephanie aß gleich, wenn sie aus der Schule kam; manchmal wartete sie auch, bis ihre Mutter von der Arbeit heimkehrte. Ihr Vater hatte oft Spätschicht in der Druckerei und war dann erst gegen Mitternacht zu Hause. Er aß gewöhnlich allein in der Küche und hatte nur die eine Lampe im ansonsten dunklen Haus brennen.

Beinahe unbeholfen setzten sie sich an Marks letztem Abend zu Hause zusammen zum Essen. Eine Weile schwiegen alle, dann unterhielten sie sich oberflächlich über die Gerichte, die auf dem Tisch standen. Darauf folgte ein oberflächliches Gespräch über Mark, die Uni und seine Pläne für dieses Jahr. Erst beim Nachtisch kam Stephanie dazu, das Thema anzuschneiden, das ihr auf der Seele lag. Nachdem sie entdeckt hatte, daß es in Kate Burtons Haus nur ein einziges Schlafzimmer gab, wollte sie unbedingt herausfinden, ob ihre Eltern davon wußten. Und wenn ja, wie dachten sie darüber? Über Kate Burton zu sprechen schien ihr eine gute Gelegenheit, die Einstellung ihrer Eltern zu Homosexualität zu testen. Aber es war schwierig, das Thema zur Sprache zu bringen. Es ergab sich einfach keine Gelegenheit, es in die Unterhaltung einzuflechten.

Schließlich gelang es ihr, ihre Mutter zu fragen: „Kennst du Ms. Burton gut?"

„Oh, wie ist es gelaufen, Stephanie?" fragte ihr Vater dazwischen.

„Sehr gut."

„Konnte sie dir helfen?"

„Sie war super. Wir haben die Knochen ausgesucht und uns überlegt, wie viele wir brauchen. Und wir haben ein paar Skizzen gemacht. Ich gehe morgen nachmittag wieder hin, um weiter daran zu arbeiten."

„Wie geht es Kate?" fragte ihre Mutter.

„Kate Burton?" Mark sah von seinem Teller auf. „Habe ich sie nicht letztes Jahr auf eurer Weihnachtsfeier kennengelernt?"

„Ja, ich glaube, sie war dort."

Stephanie kam nicht weiter. Vielleicht sollte sie es nicht darauf ankommen lassen. Sie konnte sich schon denken, wie ihr Vater auf das Thema Homosexualität reagieren würde. Und ihre Mutter? Wie stand ihre Mutter dazu? Wußte sie, was mit Kate Burton los war? Stephanies Neugierde gewann die Oberhand.

„Eine Frau namens Mary wohnt bei ihr im Haus."

„Mary Gunther", erklärte ihre Mutter.

„War sie voriges Jahr auch auf der Weihnachtsfeier? Ich kann mich nicht an sie erinnern."

„Mark", sagte Stephanie empört, „kannst du dich überhaupt an irgendwas auf der Weihnachtsfeier erinnern? Du hast zuviel getrunken, dir war schlecht, und gegen zehn Uhr mußtest du heim ins Bett."

„Ach wirklich?"

„Mom", sagte Stephanie, „wie lange wohnt diese Mary ..."

„Mary Gunther."

„Mary Gunther. Wie lange wohnt sie schon bei Ms. Burton?"

Mrs. Powell schnitt sich noch ein kleines Stückchen Pastete ab. „Fünfundzwanzig Jahre, glaube ich."

„Fünfundzwanzig Jahre!" Stephanie konnte sich nicht vorstellen, so lange Zeit mit jemandem zusammenzuwohnen. Sie wunderte sich immer wieder, daß ihre Eltern sich nach zwanzig Jahren nicht leid geworden waren, wenngleich sie manchmal den Eindruck hatte, daß sie sich echt auf die Nerven gingen.

„Sind sie Schwestern oder so was?" fragte Mark. Er hatte scheint's endlich begriffen, worum es ging.

„Nein." Mrs. Powell machte ein sehr ernstes Gesicht.

Stephanie warf ihrem Bruder einen Blick zu; sie glaubte zu wissen, was er als nächstes sagen würde.

„Nanu, Mom", sagte er. „Da muß doch was sein zwischen ihnen. Kein Mensch lebt ohne Grund mit jemand zusammen."

„Mark" – seine Mutter sah ihn streng an – „du sollst

nicht aufs Geratewohl Mutmaßungen anstellen."

„Mom", sagte Stephanie, „als ich bei ihnen war, hab' ich gesehen, daß sie nur ein Schlafzimmer haben. Und", sie machte eine theatralische Pause, „sie haben nur ein Bett."

So, jetzt war es heraus. Ihr war schwindlig vor Nervosität. Vielleicht hätte sie lieber nichts sagen sollen. Wenn die anderen nun ihr Interesse für Kate Burtons Schlafzimmer mit ihr und ihren Gefühlen für Anne Delaney in Verbindung brachten? Nein, davon konnten sie nichts ahnen. Oder doch? Stephanie dachte, sie würde den Verstand verlieren.

Mrs. Powell sah ihre beiden Kinder an.

„Was Kate Burton und Mary Gunther tun ist ihre Sache und geht niemanden etwas an."

Stephanie war unendlich erleichtert. Ihre Mutter wußte Bescheid. Und es schien sie nicht zu stören. Stephanie liebte ihre Mutter dafür.

Mr. Powell, der bis zu diesem Augenblick geschwiegen hatte, hielt es nun für richtig, seine Meinung zum Ausdruck zu bringen.

„Es ist nicht normal, Angela. Ich halte es für vollkommen natürlich, daß die Kinder beunruhigt sind."

„Wir sind nicht beunruhigt", sagte Mark rasch. „Wir sind neugierig."

„Vielleicht", fuhr der Vater fort, „sollte Stephanie nicht wieder dorthin gehen. Das ist kein guter Einfluß für ein junges Mädchen."

Stephanie hätte am liebsten laut herausgeschrien: „Ich muß aber wieder hingehen!", denn sie hatte das

Gefühl, es sei lebenswichtig für sie. Warum wollte ihr Vater ihr Leben zerstören? Warum war er manchmal so ungerecht?

„Mach dich nicht lächerlich!" fuhr die Mutter den Vater an. „Anders sein sollte nicht mit schuldig sein gleichgesetzt werden. Es ist kein Verbrechen."

„In manchen Ländern schon."

Jetzt fingen sie an zu streiten, und wenn sie in Streit gerieten, dauerte es meistens stundenlang. Mark und Stephanie standen gleichzeitig vom Eßtisch auf und gingen nach oben. Sie blieben im Flur zwischen ihren Zimmern stehen, ohne rechte Lust, sich zu trennen. Obwohl sie fast erwachsen waren, wurde ihnen jedesmal beklommen zumute, wenn ihre Eltern sich stritten. Dann kamen sie sich vor, als ob sie noch kleine Kinder wären.

„Warum denkt Dad bloß so schlecht über manche Dinge?" fragte Stephanie.

„Ich weiß nicht." Mark zuckte die Achseln. „Ihm hat schon immer vieles nicht gepaßt. So ist er nun mal."

Stephanie seufzte. „Ich glaube, er haßt mehr als er liebt. War er immer so?"

„Weiß ich nicht." Mark runzelte die Stirn. „Ich kenne ihn nur so, wie er jetzt ist. Ich kann mich nicht an ihn erinnern, wie er jünger war. Ich kann mich bloß erinnern, wie wir jünger waren."

„Ich auch." Stephanie lenkte von den Stimmen in der Küche ab: „Wann fährst du morgen?"

„In aller Frühe. John kommt rüber, um mir mit meinen restlichen Sachen zu helfen."

„Ich glaube, ich mag nicht so früh aufstehen und frierend in der Einfahrt herumstehen, um zuzusehen, wie du wegfährst."

Es folgte betretenes Schweigen.

„Tja", sagte Mark schließlich, „du wirst jetzt wahrscheinlich mehr von mir haben als früher, denn wenn ich zu Besuch nach Hause komme, bin ich wirklich da und nicht dauernd unterwegs wie jetzt."

„Und ich kann dich besuchen", sagte Stephanie. „Du bist ja nicht richtig weit weg."

Doch es spielte keine Rolle, daß es stimmte, was sie sich sagten. Es spielte keine Rolle, daß sie sich nächste Woche zweimal sehen würden. Es war trotzdem ein Gefühl, als ob etwas zu Ende gegangen wäre. Es war wie ein Abschied. Und für Stephanie spielte es keine Rolle, wie etwas war, sondern was sie dabei fühlte. Gefühle waren immer stärker als Vernunft und Tatsachen.

Stephanie umarmte ihren Bruder kurz, und nachdem sie gute Nacht gemurmelt hatten, gingen sie in ihre Zimmer.

Stephanie legte sich aufs Bett, verschränkte die Hände hinterm Kopf und starrte an die Decke. Sie dachte daran, wie einsam sie sich fühlen würde, wenn ihr Bruder fort wäre. Nun hatte sie niemand Gleichaltrigen mehr, der sich gegen die Ansichten und Vorschriften ihrer Eltern auflehnte. Von jetzt an mußte sie allein damit fertig werden. Ohne Mark an ihrer Seite würde es viel schwerer sein.

Sie dachte an Kate Burton und Mary Gunther und an ihr gemeinsames Bett und was ihre Eltern dazu gesagt hatten (und noch sagten). Sie dachte daran, daß Anne Delaney ihr angeboten hatte, bei dem Dinosaurier-Projekt zu helfen, und daß es ihr unmöglich sein würde, sich auf den Dinosaurier zu konzentrieren, wenn Anne Delaney dabei wäre.

Sie dachte an den Dinosaurier und daran, was getan werden mußte, bevor die Skulptur im Frühjahr aufgestellt werden konnte. Es gab so viele Einzelheiten zu beachten, so viele Dinge zu bedenken. Sie dachte an ihre Listen und machte sich im Kopf eine Liste von den Dingen, über die sie nachdachte, in alphabetischer Reihenfolge. Sie dachte ans Älterwerden. Sie stellte sich vor, wie es wäre, fünfundzwanzig Jahre mit ein und demselben Menschen zusammenzuleben. Sie dachte, sie sollte noch ein paar Dinosaurier-Skizzen machen. Sie schlief ein.

# 9. KAPITEL

In der folgenden Woche strengte Stephanie sich in der Schule an. Ihr Lerneifer hatte in letzter Zeit unter dringenderen Angelegenheiten gelitten. Jetzt paßte sie im Unterricht auf (sogar in Geschichte und Englisch) und schaffte es, sämtliche Hausaufgaben zu machen und sich außerdem mit der Dinosaurier-Plastik zu beschäftigen. Als die Woche zu Ende ging, war Stephanie wieder einigermaßen zufrieden mit sich und der Welt.

Am Donnerstag fragte Eric Sullivan sie, ob sie mit ihm ausgehen wolle, und diesmal sagte sie ja. Sie hatte nicht mehr an ihn gedacht, seit er sie das letzte Mal gefragt hatte. Sie dachte nicht oft an Eric. Aber er sah am Donnerstag so schüchtern und unbeholfen aus und machte ein so ernstes Gesicht, daß sie ja sagte, ehe sie sich's versah. Er tat ihr leid. Stephanie wußte, wie es war, einen Menschen zu mögen, ohne zu wissen, ob dieser einen ebenfalls mochte oder auch nur zur Kenntnis nahm. Und obwohl sie genau wußte, daß es falsch war, hatte Stephanie sich für den folgenden Abend mit Eric Sullivan fürs Kino verabredet.

Ihre Eltern zeigten sich übertrieben begeistert von der Neuigkeit, und Stephanie mußte ihnen immer wieder erklären, daß sie sich eigentlich nichts aus Eric machte und die Sache nicht von Bedeutung sei. Aber sie ließen sich nicht von ihrer Begeisterung abbringen, und schließlich gab Stephanie einfach auf. Sie verstanden sie anscheinend überhaupt nicht mehr, und es war ihr unbegreiflich, weshalb sie über eine dämliche Kino-Verabredung so aus dem Häuschen gerieten. Vielleicht waren sie bloß ihretwegen so aufgeregt, weil sie dachten, sie wäre am Ziel ihrer Wünsche. Was würden sie machen, wenn sie wüßten, was sie sich wirklich wünschte? Was würden sie machen, wenn sie mit Anne Delaney ginge?

Stephanies Wunsch erfüllte sich auf äußerst seltsame Weise, und sie ging wirklich mit Anne Delaney ins Kino. Denn als Eric sie am Freitagabend mit dem Auto seiner Eltern abholen kam, erklärte er ihr, daß sie zu viert seien: Sein Freund Steve und Steves Freundin Anne Delaney kämen auch mit.

Auf der Fahrt zum Kino war Stephanie still, wogegen Anne, Steve und Eric pausenlos plapperten. Sie war dermaßen in Panik geraten, daß sie den Mund nicht aufbekam. Ihr war, als hätte man ihr einen gräßlichen Streich gespielt. Gerade als sie ihr Leben wieder im Griff hatte und einigermaßen mit sich zufrieden war, tauchte Anne Delaney auf und brachte sie total aus dem Gleichgewicht. Auf der Fahrt zum Kino, vorbei an Plätzen, Tankstellen und kleinen, schneebedeckten Rasenflächen, hatte sie tatsächlich einen Haß auf Anne Delaney. Anne hatte kein Recht, Stephanie eine solche Hölle durchmachen zu lassen. Sie war grausam. Und unmenschlich. Und zu schön. Und zu klug. Und wie konnte sie über Steves Witze lachen, die nicht mal komisch waren? Wie konnte sie so freundlich und gelassen sein? Wie gut kannte sie Steve überhaupt? Waren sie fest zusammen? Der vertraute Ton, in dem sie sich unterhielten, ließ vermuten, daß dies nicht ihre erste Verabredung war.

Als sie nach Karten anstanden, erkundigte Anne Delaney sich nach Stephanies Skulptur.

„Wie geht's dem Dinosaurier?" fragte sie.

„Gut." Mehr brachte Stephanie nicht heraus. Sie starrte angestrengt auf ein Filmplakat an der gegenüberliegenden Wand.

„Wann bist du soweit, daß du ihn aufstellen kannst?"

„Bald."

Nach diesem zweiten vergeblichen Versuch, ein Gespräch anzufangen, gab Anne Delaney auf und unterhielt sich wieder mit Steve. Stephanie war beinahe dankbar dafür.

Im Kino kam sie zu ihrem Schrecken neben Anne Delaney zu sitzen. Es ergab sich aus der Reihenfolge, wie sie in die Sitzreihe getreten waren. Eric saß rechts neben Stephanie, Steve links neben Anne. Stephanie drückte sich so in ihren Sitz, daß sie Anne nicht zu nahe kam, und unterhielt sich angeregt mit Eric, um den sie sich bis dahin überhaupt nicht gekümmert hatte. Sie sprachen über den Geschichtskurs und die bevorstehende Klassenarbeit. Sie sprachen kurz über den Dinosaurier und etwas länger über Erics

Job als Aushilfe in einem Lebensmittelladen. Und die ganze Zeit, während sie redete, ja und nein sagte und – hoffentlich – interessiert klingende Fragen stellte, spürte Stephanie immer stärker Anne Delaneys Gegenwart neben sich. Und ihr wurde ganz ängstlich und seltsam zumute. Als das Licht langsam ausging und der Film begann, hätte sie vor Erleichterung schreien mögen. Jetzt hatte sie wenigstens einen Grund zu schweigen, und es wurde weiter nichts von ihr erwartet, als auf die Leinwand zu sehen.

Während der ersten Hälfte des Films ging alles gut. Stephanie folgte dem Inhalt mühelos, und es gelang ihr, sich nur auf das zu konzentrieren, was im Film passierte, und alles übrige auszuschalten, was in ihrem Kopf vorging. Doch nach einer Stunde war es aus. Die Frau, die vor Anne Delaney saß, hatte hochtoupierte Haare, und Anne war auf ihrem Sitz zur Seite gerückt, um besser sehen zu können. Sie rutschte immer weiter zu Stephanie hinüber, und ihre Arme berührten sich auf der Armlehne. Annes Kopf war gefährlich nahe an Stephanies linker Schulter. Stephanie konnte sogar Annes Atem an ihrem Ohr hören. Es war zwecklos, sie konnte nicht auf die Bilder achten, die über die Leinwand flimmerten. Ihr wurde fast schlecht. Ihr Verstand schrie etwas Unverständliches, und ihr Herz klopfte wie rasend. Einen Moment dachte sie wahrhaftig, sie würde sterben.

Wenn Stephanie noch irgendwelche Zweifel über ihre Gefühle für Anne Delaney gehabt hatte, so verschwanden sie in dem Moment, als Annes Arm ihren berührte. Jetzt hatte sie nicht mehr den geringsten Zweifel, was sie fühlte. Sie war in Anne Delaney verknallt, egal, was es bedeuten und was alles dazugehören mochte. Sie wollte Anne Delaney berühren. Es war, als sei ihr Körper nach einem langen Schlaf plötzlich zum Leben erwacht. Alle ihre Nerven waren angespannt, bereit, Befehle zu empfangen. Sie wollte Anne Delaney berühren. Sie wollte, daß Anne Delaney sie berührte. Sie wollte sich im dunklen Kinosaal zu ihr hinüberlehnen und sie küssen.

Mit Eric Sullivan wollte Stephanie nichts dergleichen tun. Sie fand ihn ganz nett und konnte sich ungezwungen mit ihm unterhalten, aber körperlich fühlte sie sich nicht zu ihm hingezogen, wie sie sich zu Anne Delaney hingezogen fühlte. Körperlich fühlte sie überhaupt nichts für Eric. Er war für sie wie ein Bruder oder ein Freund.

So saß sie während des Films; ihr Arm war warm an der Stelle, wo er Annes Arm berührte, und sie betete, daß Anne sich bewegte, und dann betete sie, daß Anne sich nicht bewegen möge. Und sie war beinahe glücklich. Anne zog ihren Arm nicht fort, bevor der Nachspann auf der Leinwand erschien und das Licht im Saal anging.

Auf der Heimfahrt sprachen die anderen über den Film, während Stephanie aus dem Fenster sah. Sie spürte noch den Druck auf ihrem Arm, wo Anne ihn berührt hatte, und versuchte die Erinnerung an dieses Gefühl festzuhalten. Sie wollte sich ihr ganzes Leben an dieses Gefühl erinnern.

Eric setzte Steve und Anne zuerst ab, dann fuhr er Stephanie nach Hause. Sie gab ihm vor der Haustür einen flüchtigen Kuß, sagte ihm, es sei sehr nett gewesen, und floh rasch ins Haus, in Sicherheit.

Drinnen lehnte sie sich gegen die Haustür, froh, daß der Abend vorüber war.

# 10. Kapitel

In den folgenden Wochen bemühte sich Stephanie, nicht an Anne Delaney zu denken und sich ausschließlich auf die Schule und die Dinosaurier-Skulptur zu konzentrieren. Das wollte ihr aber nicht recht gelingen, denn einerlei, woran sie dachte, alles schien sich in Anne Delaney zu verwandeln.

Es war Samstagnachmittag. Stephanie verbrachte den Tag bei Kate und Mary. Nachdem Stephanie und Kate die Knochen, die verwendet werden sollten, skizziert hatten, bauten sie nun ein kleines Tonmodell der Skulptur. Diese Miniatur, Maquette genannt, sollte als Modell für die endgültige Plastik dienen. Deswegen war es wichtig, daß die Proportionen maßstabgetreu waren. Stephanie und Kate arbeiteten oben in Marys Atelier an der Maquette, weil dort das Licht gut war für eine derartig knifflige Arbeit und weil es Mary nichts ausmachte, wenn der ganze Raum mit Ton bekleckert wurde. Mary war unendlich gutmütig.

„Weißt du was?" sagte Kate. Sie blickte prüfend auf eine der vielen Skizzen und betrachtete einen Tonklumpen vor sich auf dem Tisch. „Ich finde, das ist Schwerarbeit."

Das fand Stephanie schon lange. „Ich glaube", sagte sie, „wenn ich das jeden Tag machen müßte, würde ich verrückt."

Kate krempelte die Ärmel hoch und betastete die Tonmasse. „Wir werden womöglich das ganze Wochenende dafür brauchen."

„Vielleicht ewig", summte Stephanie, die sich langsam an die Vorstellung von Ewigkeit gewöhnte. „Stört es Sie?" fragte sie. Sie hatte auf einmal ein schlechtes Gewissen wegen der vielen Arbeit, die Kate auf sich genommen hatte.

„Daß es ewig dauert?"

„Nein, das ganze Wochenende."

„Soviel Spaß hatte ich schon lange nicht mehr", Kate sah wieder auf die Skizze, „seit Mary und ich vorigen Sommer Bäume beschnitten haben und ich festsaß."

„Sie saßen auf einem Baum fest?"

„Mary leidet unter Höhenangst, also mußte ich auf die Bäume klettern und die Äste beschneiden. Sie hat die Leiter gehalten."

Stephanie stellte sich vor, wie Kate Burton auf Bäume kletterte, und mußte beinahe lachen.

„Und von dem einen Baum konnte ich nicht wieder herunter." Kate begann aus einem Tonklümpchen einen winzigen Dinosaurier-Beinknochen zu formen. „Ich konnte mich überhaupt nicht rühren, es war unmöglich. Es ging einfach nicht. Ich saß fest."

„Und das hier macht genausoviel Spaß wie auf einem Baum festzusitzen?" Stephanie konnte an diesem Vergleich nichts Schmeichelhaftes erkennen.

„Weil es etwas Unvermutetes ist, etwas ganz anderes, als was ich normalerweise erlebe. Deswegen finde ich es so spaßig."

„Ich weiß nicht, ob ich es spaßig nennen würde."

„Wie würdest du es denn nennen?"

„Strapaziös." Stephanie grinste. „Ein strapaziöses Projekt. Ein strapaziöser Dinosaurier."

Kate Burton warf den Kopf zurück und lachte. Die Sonne, die durchs Fenster fiel, ließ das Weiß in Kates Haaren glitzern, und Stephanie fand, daß sie in diesem Moment wie eine junge Frau aussah.

„Wie waren Sie, als Sie so alt waren wie ich?" fragte Stephanie.

„So wie jetzt, nehme ich an. Ein bißchen ungeduldiger und quirliger. Aber ich glaube nicht, daß die Menschen sich sehr verändern, wenn sie älter werden. Sie werden nur selbstbewußter."

„Sind Sie gerne alt?"

„Bin ich alt?"

Stephanie war verlegen.

„Sie sind älter als ich", sagte sie zögernd. „Das hatte ich gemeint."

„Ja, ich bin's gerne. Ich bin zufriedener mit mir und ruhiger. Ich finde, es ist wichtig, zu wissen, wer man ist, und sich selbst zu mögen. In jedem Alter."

„Ich glaube, ich weiß nicht so richtig, wer ich bin."

Kate sah Stephanie an. „Aber bist du nicht dabei, es herauszufinden?"

Stephanie war sich nicht sicher, ob sie mehr herausfinden wollte, als sie schon wußte. Wenn nun noch mehr zum Vorschein käme? Sie wurde ja kaum mit dem fertig, was schon vorhanden war. Sich mit noch mehr abgeben zu müssen wäre einfach unerträglich.

Sie arbeiteten eine Weile schweigend weiter. Ihre ganze Konzentration galt der Maquette. Als sie erst einmal mit dem Modellieren der Knochen begonnen hatten, erwies es sich als längst nicht so schwierig, wie es anfangs schien. Alles war auf den Skizzen sorgsam ausgeführt, und sie richteten sich genau nach diesen „Plänen". Sie kamen sehr gut voran. Es gefiel Stephanie, wie sie zusammenarbeiteten; sie konnten mal schweigen, mal reden, und es ging ganz locker und entspannt zu. Sie betrachtete Kate Burton allmählich nicht nur als eine Freundin ihrer Mutter, sondern auch als ihre eigene Freundin.

„Was ist für Sie das Wichtigste im Leben?" fragte sie nach einer Weile.

Kate Burton dachte ein paar Minuten darüber nach.

„Glücklich sein", sagte sie schließlich. „Nein." Sie überlegte es sich anders. „Nicht glücklich sein."

„Unglücklich sein?"

„Nein, nein. Ich meinte, glücklich sein ist nicht ... ach, egal, was ich gemeint habe."

„Was ist es dann?"

Kate überlegte wieder.

„Zufriedenheit", sagte sie. „Mit sich und der Welt zufrieden sein. Und wenn man nicht zufrieden ist, zuversichtlich genug sein, um etwas zu verändern, damit man zufrieden wird."

Stephanie dachte eine Weile darüber nach. Es klang sehr vernünftig. Sie fragte sich, ob sie jemals zufrieden sein würde. Mit irgendwas.

„Glauben Sie, ich werde jemals zufrieden sein?"

„Natürlich. Wenn du dich im Leben anstrengst, wird es aufwärtsgehen."

„Finden Sie, ich muß mich bessern?"

„Ich finde, du bist jung."

„Ja, ich bin jung." Stephanie ärgerte sich ein bißchen über den Verlauf des Gesprächs. „Ich kann nichts dafür, daß ich jung bin." Fast hätte sie gesagt: „Ich habe nicht darum gebeten, geboren zu werden", aber sie konnte sich gerade noch bremsen.

Kate Burton sah so aus, als würde sie eine Dinosaurier-Rippe anlächeln. „Ich wollte dich nicht kränken."

Stephanie mochte nicht mehr über Zufriedenheit sprechen. Es erinnerte sie nur daran, daß sie durchaus nicht zufrieden war, und das bedrückte sie. Am liebsten hätte sie über Anne Delaney gesprochen. Über ihre Gefühle für Anne und was sie bedeuteten oder bedeuten könnten. Sie hätte Kate Burton gerne nach ihrer Beziehung mit Mary gefragt. Ob sie für Mary dasselbe empfand wie Stephanie für Anne. Sie hätte gerne gefragt, ob es sich unrecht anfühlte. Denn obwohl Stephanie wußte, daß es kein Unrecht war, anders zu sein als andere Menschen, hatte sie trotzdem manchmal das Gefühl, daß es unrecht sei. Und sie hätte gerne das Wort gesagt, das Wort, das alles so endgültig klingen ließ. Sie hätte gerne gefragt: „Kate, glauben Sie, ich könnte lesbisch sein? Glauben Sie, daß ich es jetzt schon wissen kann?"

Sie sagte nichts.

Sie konnte es nicht.

Als sie den Mund aufmachte, um diese Fragen zu stellen, hatte sie keine Stimme, um sie auszusprechen. Es kam kein Ton heraus. Nichts.

Sie arbeiteten den Rest des Nachmittags an dem Modell. Um fünf Uhr waren sie fertig. Es sah sehr gelungen aus, und die Proportionen stimmten genau. Es hatte bereits die Form eines richtigen Dinosaurierkopfs, aber weil er so klein war, kam er nicht so zur Geltung, wie Stephanie sich das vorgestellt hatte. Sie tranken Tee in der Küche mit dem langen Holztisch und den Zeitungen an den Wänden. Sie sprachen von dem Dinosaurier. Daß die Knochen nach dem Gießen sehr sorgsam zusammengefügt werden mußten, weil die Skulptur sonst nicht wie ein Kopf aussehen würde, sondern wie ein Haufen zusammengewürfelter Knochen. Und der würde ganz und gar nicht *kunstvoll* zusammengewürfelt aussehen.

# 11. Kapitel

Stephanie saß in der hintersten Ecke der Gemeindebücherei, einen Stapel Bücher vor sich auf dem Tisch. Sie war bei den letzten Recherchen für das Dinosaurier-Projekt und überprüfte zum letzten Mal die Abmessungen der Knochen. Anfang nächster Woche wollten sie mit dem Modellieren der Knochen beginnen, und Stephanie wollte sichergehen, daß sie bei den Berechnungen keinen Fehler gemacht hatten. Es war bisher so glatt gegangen, daß sie mißtrauisch war. Sie meinte, sie müßten irgendwas übersehen haben, aber bis jetzt hatte sie keinen Fehler gefunden.

Stephanie saß schon über drei Stunden in der Bücherei. Erst in der letzten Stunde hatte sie die Bücher über Dinosaurier herausgesucht. Die Überprüfung der Knochenabmessungen war nur ein Vorwand gewesen. Der eigentliche Grund, weswegen sie in die Bibliothek gekommen war, war der, daß sie sich über Homosexualität informieren wollte. Zwei Stunden lang hatte sie alle einschlägigen Bücher, die sie finden konnte, aus den Regalen gezogen. Sie hatte sie an ihren Tisch gebracht und sorgsam mit den Dinosaurierbüchern getarnt. Nur für den Fall, daß jemand hinsah. Viele Titel waren in fetten Großbuchstaben gedruckt, und sie war überzeugt, daß man sie quer durch die ganze Bücherei lesen konnte.

Sie hatte methodisch in jedem Buch nach Hinweisen auf ihre spezielle Situation gesucht. Es gab aber keine Hinweise auf ihre spezielle Situation; vielleicht, weil kein Mensch in genau derselben Situation war, dachte sie. Jedes Leben war anders. Sie entdeckte jedoch bestimmte Fakten. Sie erfuhr, daß jeder zehnte Mensch homosexuell war. Sie erfuhr, daß man nichts Genaues darüber wußte, weshalb Menschen homosexuell waren, ob es ein erworbenes Verhalten oder angeboren war.

Stephanie liebte Fakten. Sie liebte das Endgültige daran. Sie liebte Statistiken, Tabellen und Listen. Als sie über Homosexualität las, fühlte sie sich mit ihren Gefühlen weniger allein. Aber nicht alles, was sie las, gab ihr ein gutes Gefühl. Die medizinischen Fachbücher, die Bücher mit den Fakten waren in Ordnung, denn ein Faktum, eine Tatsache, war eine wertfreie Angelegenheit. Da hieß es nicht schlecht oder gut, richtig oder falsch, recht oder unrecht. Da hieß es „das und das ist so und so". Wie die Aufzählung der verschiedenen Wolkenformationen. Man wurde einfach informiert, wie viele es waren und von welcher Art.

Es gab aber auch Bücher mit Aussagen von homosexuellen Menschen und ihren Angehörigen. Sie waren beunruhigend. Hier ging es nicht um Fakten, sondern um Gefühle. Und das waren oft keine sehr erfreulichen Gefühle. Stephanie las von einer Frau, die ihrer Familie erzählt hatte, daß sie lesbisch war, woraufhin die Familie nichts mehr von ihr wissen wollte. Sie wurde verstoßen. Eine andere Frau hatte es ihren Eltern erzählt, aber sie weigerten sich, es zu glauben. Es war ihnen einfach unmöglich. Sie fragten sie nach wie vor, ob sie in letzter Zeit einen netten Mann kennengelernt hätte. Sie erwarteten, daß es sich auswachsen würde, als wäre es eine Pubertätsphase. Die Frau war über vierzig.

Stephanie klappte das letzte Dinosaurierbuch zu und legte es oben auf die anderen Bücher zu ihrer Linken. Sie wünschte, sie könnte mit jemandem über dies alles sprechen. Über ihre Gefühle. Über Anne Delaney. Darüber, daß sie möglicherweise lesbisch war. Aber wem könnte sie es sagen? Ihren Eltern? Stephanie stellte sich eine Diskussion mit ihren Eltern vor.

Stephanie: *Ich glaube, ich bin in Anne Delaney verknallt.*
Ihr Vater: *Komischer Name für einen Jungen. Wie kann man seinen Sohn Anne nennen?*
Stephanie: *Es ist kein Junge. Es ist auch kein Es. Sie ist ein Mädchen. Anne Delaney.*
Ihre Mutter: *Ach du meine Güte.*
Ihr Vater: *Ein Mädchen?*
Stephanie: *Ich verstehe es selbst nicht ganz. Es ist einfach passiert.*
Ihre Mutter: *Ich dachte, wir hätten bei dir alles richtig gemacht. Was haben wir falsch gemacht?*

Ihr Vater: *Das ist eine Krankheit. Es hat nichts mit uns zu tun. Es ist eine Perversion.*
Ihre Mutter: *Das ist keine Perversion. Auch keine Krankheit. Aber ich hätte nicht gedacht, daß es – hm, ja – also nicht in unserer Familie.*

Stephanie gab es auf. Die phantasierte Auseinandersetzung bedrückte sie. Nein, sie konnte nicht mit ihren Eltern reden. Mark? Sie hatten sich immer alles erzählt, seit sie sprechen konnten. Er war ihr Freund, dem sie alles anvertraute und der sie von klein auf gekannt hatte. Und er hatte keine Probleme mit Leuten, die anders waren. Er war in Ordnung. Aber sie hatte schon einmal versucht, mit ihm zu reden, und es hatte nicht geklappt. Sie wußte nicht, was sie sagen oder wie sie es ausdrücken sollte.

Würde sie jemals den Mut aufbringen, mit Anne Delaney zu sprechen? Aber was könnte sie sagen?

Stephanie: *Ich glaube, ich bin in dich verliebt.*
Anne: *Verliebt? In mich?*
Stephanie: *Ja, in dich.*
Anne: *Wieso?*

Nein. Es war unmöglich. Sie wußte ja schon, daß Anne nicht in sie verknallt war. Sie spürte es in ihrem Innern. Anne war in Steve verknallt. Anne stand auf Jungen. Der einzige Grund, weswegen sie sich überhaupt für Stephanie interessierte, war der Dinosaurier. Anne mochte den Dinosaurier.

Stephanie: *Du bist in meinen Dinosaurier verliebt.*
Anne: *Stimmt. Ich kann nichts dafür.*
Stephanie: *Aber der ist tot. Mehr als tot. Er ist ausgestorben. Er existiert überhaupt nicht. Er ...*
Anne: *Er ist phantastisch.*
Stephanie: *Aber warum kannst du mich nicht lieben? Ich bin nicht ausgestorben.*
Anne: *Mehr hast du nicht zu bieten?*

Nein. Am besten, sie setzte sich mit ihren Gefühlen für Anne Delaney auseinander. Sie mußte ergründen, was das für Gefühle waren und was sie bedeuteten, und sie mußte sich bemühen, Anne Delaney als Person zu vergessen. Vielleicht war die Person Anne Delaney nicht so wichtig wie das, was Stephanie für sie empfand.

Stephanie: *Du bist nicht so wichtig wie meine Gefühle für dich.*
Anne: *Was?*
Stephanie: *Du bist nicht so wichtig ...*
Anne: *Vielen Dank!*

Stephanie seufzte. Warum konnte es nicht so laufen, wie sie es sich wünschte? Die Leute sagten immer, alles würde sich schließlich zum Besten wenden, aber vielleicht sagten sie das bloß, damit sie ein besseres Gefühl hatten, wenn es nicht so gut lief. So konnten sie es leichter verkraften, wenn etwas nicht nach ihren Wünschen ging.

Stephanie seufzte wieder. Warum waren die Fragen immer besser als die Antworten?

„Hallo."

Sie sah auf. Devi stand mit einem Arm voll Bücher vor ihr.

„Devi, was machst du denn hier?" Sie legte schützend ihren Arm über die Bücher auf dem Tisch.

Devi sah sie seltsam an. „Ich komme oft hierher. Ich hab' einen Bibliotheksausweis." Sie verlagerte die Bücher von einem Arm auf den anderen. „Ich hol' Lesefutter für meine Großmutter. In Hindi. Sie kann im Winter nicht oft aus dem Haus."

„Oh."

„Und was machst du hier?"

Stephanie klammerte sich so fest an die Kante ihres Bücherstapels, daß ihre Hand weh tat.

„Dinosaurier. Abmessungen."

„Ist dir nicht gut?" Devi legte ihre Bücher auf den Tisch und beugte sich zu Stephanie herunter. „Du siehst komisch aus."

„Nein nein, mir fehlt nichts."

„Laß mal sehen."

„Was?"

„Eins von den Büchern. Ich mag die Bilder von den Dinosauriern. Ich mag ihre Zähne."

Devi langte unter Stephanies Arm und zog das oberste Buch vom Stapel. Stephanie wäre am liebsten gestorben. Unter dem Dinosaurierbuch war eines von den Büchern über Homosexualität. Mit dem Titel in fetten Großbuchstaben. Sie warf beide Arme über das Buch. Aber Devi hatte es gesehen.

„Was ist das?"

„Was?"

„Das." Devi tippte auf den Teil des Titels, den Stephanies Arme nicht verdeckten.

„Die hat jemand hier liegenlassen", log Stephanie. „Ich wollte sie nachher zusammen mit meinen Büchern zum Rückgabetisch bringen. Mit meinen Dinosaurierbüchern."

Devi schwieg einen Moment.

„Nimm deine Arme weg", sagte sie dann.

Stephanie nahm die Arme weg.

„Hab' ich mir gedacht." Devi legte das unaufgeschlagene Dinosaurierbuch auf den Tisch.

„Was hast du dir gedacht?" fragte Stephanie. Sie versuchte panisch, das scheinbar Unvermeidliche zu verhindern.

„Ich dachte, ich kenne das Buch. Meine Eltern haben es zu Hause." Es war das Buch mit den Aussagen der Betroffenen. „Ich hab's im Bücherregal im Wohnzimmer gesehen."

Stephanie wußte nicht, was sie sagen sollte. Ahnte Devi, was mit ihr los war? Hiermit hatte sie nicht gerechnet.

Devi klemmte sich ihre Bücher wieder unter den Arm. „Ich muß gehen. Ich hab' gesagt, daß ich zum Abendessen zurück bin."

Stephanie fand die Sprache wieder. „Ist es ein gutes Buch?"

„Weiß ich nicht. Ich hab's nicht gelesen."

„Ach so."

„Und du?"

„Ich habe ein bißchen drin rumgeblättert", sagte Stephanie.

„Und?"

„Ist okay, denk' ich."

Devi trat vom Tisch zurück. „Kommst du mit? Oder mußt du noch hierbleiben?"

Stephanie schob ihren Stuhl zurück. Auf einmal war sie froh, daß Devi da war. Es war ein langer Nachmittag gewesen.

„Ich komme mit." Sie stand auf. „Gut, daß du mich gesehen hast."

Devi lächelte. „Komm", sagte sie, „gehen wir."

# 12. KAPITEL

Die Vorarbeiten für die Dinosaurier-Skulptur waren fast abgeschlossen. Kate und Stephanie hatten Gipsformen für die Knochen angefertigt, und die Plastik konnte jetzt in Beton gegossen werden. Stephanie hatte am Freitag eine Arbeitsgruppe für den nächsten Tag organisiert, und am Samstag traf sie sich mit Eric, Devi und Anne Delaney bei Kate und Mary zu Hause.

Während der Arbeit an dem Dinosaurier hatten Stephanie und Kate Marys Atelier als Werkstatt in Beschlag genommen. Nach und nach füllten sich die Wände mit Dinosaurier-Skizzen und Abmessungstabellen. Der Rest des Raumes war mit Tonklümpchen, Büchern und Modellen übersät. Er sah nicht mehr wie ein Atelier aus, sondern glich einer Ausgrabungsstätte.

Mary hatte ihnen ihren Arbeitsplatz mit erstaunlicher Bereitwilligkeit überlassen; sie sagte, sie befinde sich in einer Schaffenspause, und sie könnten das Atelier haben, so lange sie wollten. Mary war manchmal viel zu gutmütig, und Stephanie fragte sich, ob sie diese Gutmütigkeit nicht über Gebühr ausnutzten. Sollten sie ihr das Atelier nicht lieber wieder überlassen? Aber sie brauchten einen großen, hellen

Raum zum Arbeiten, und dieses Atelier war geradezu ideal; es erfüllte alle Anforderungen. Mary schien sich wirklich in einer „Schaffenspause" zu befinden; sie wanderte durch Haus und Garten, sah aus, als wollte sie malen, tat es aber nie. Sie starrte lange Zeit ins Weite. Stephanie wußte, wie das war. Sie wußte, wie schwer es war, ständig an bestimmte Vorhaben zu denken und aus diesem oder jenem Grund nie imstande zu sein, sie auszuführen.

Zu Stephanies großer Erleichterung kamen alle ihre Freundinnen und Freunde gut mit Kate Burton aus. Stephanie hatte befürchtet, sie würden es ein bißchen seltsam finden, daß sie mit einer so viel älteren Frau befreundet war. Weil aber Kate nicht der Generation ihrer Eltern angehörte, sahen sie keinerlei Bedrohung in ihr und hatten nichts gegen sie. Im Gegenteil, alle mochten sie, und sie staunten, wieviel Energie in Kate Burton steckte.

„Sie ist fixer als ich", bemerkte Devi.

Tatsächlich schienen die vielen Menschen Kate zu beleben. Sie flitzte zwischen ihnen herum, packte hier mit an, machte dort einen Vorschlag. Gegen sie kam sich Stephanie ausgesprochen lahm vor.

Sie mußten die Formen mit Beton füllen. Dann mußten die Formen zwei, drei Wochen ruhen, damit sich der Beton setzen konnte. Stephanie und Kate hatten veranlaßt, daß die Formen anschließend dorthin geschafft wurden, wo die Plastik aufgestellt werden sollte. Die Formen sollten an Ort und Stelle geöffnet werden. Dann mußte jedes kleine Loch mit Beton gefüllt, jede rauhe Stelle abgeschliffen werden. Anschließend mußte die Skulptur gewachst und zusammengesetzt werden. Da die einzelnen Teile wegen des Betons unglaublich schwer waren, brauchten sie die Hilfe eines Krans sowie Leute, die den Kran bedienten.

Das Ausgießen der Formen mit Beton war ein kniffliges Unterfangen, aber nur Stephanie schien deswegen besorgt. Alle anderen waren guter Dinge. Es schien ihnen nicht klar zu sein, wie ungeheuer wichtig dieser Arbeitsgang war. Stephanie war froh, daß Mary an diesem Tag nicht zu Hause war. Sie wußte nicht, wie freundlich Mary den zusätzlichen Betrieb und das Durcheinander in ihrem einstmals makellosen Atelier aufnehmen würde. Stephanie hoffte, bis Mary nach Hause käme, würden sie alles wieder sauber bekommen. Sie war auch froh, daß Anne Delaney am anderen Ende des Raumes arbeitete. Wenn sie in ihrer Nähe war, konnte Stephanie sich unmöglich konzentrieren.

Alle staunten über die Größe der Formen und die Menge Beton, die erforderlich war, um sie zu füllen.

„Du wirst sie doch nicht zur Schule tragen?" fragte Devi. „Die wiegen ja eine Tonne."

„Nein, nein", erklärte Stephanie. „Da kommen extra Leute her, um sie zu transportieren. Diese Sachen werden von der Schule bezahlt."

„Was für Sachen?"

„Alles, was ich nicht selber machen kann."

Sie arbeiteten zügig fast den ganzen Tag und machten nur eine halbe Stunde Mittagspause. Das Essen verzehrten sie auf dem Fußboden im Atelier, neben den Wannen mit flüssigem Beton und den Formen. Sie hatten die unterschiedlichsten Dinge zu essen mitgebracht und teilten sie untereinander auf, so daß alle ein bißchen von allem bekamen.

„Der Dinosaurier wird echt toll." Devi biß in ihr Butterbrot.

„Und", sagte Eric, „diese Arbeit verbessert unsere Zensuren in Kunst." Eric war immer scharf darauf, für seine Leistungen belohnt zu werden.

„Da wir gerade von Kunst sprechen", sagte Devi. „Wißt ihr schon das Neueste von Mr. Hassam?" Ihre Stimme hatte diesen dramatischen Klang, der besagte, „ich muß es euch einfach erzählen, ich kann nicht anders".

Stephanie war gespannt, was für eine Klatschgeschichte Devi nun wieder zum besten geben und schön lange hinziehen würde, um die Wirkung zu steigern.

„Nein, was ist mit ihm?" fragte Stephanie ungeduldig.

„Wißt ihr, wo er gestern abend war?"

„Nein."

„Ratet mal, wo mein Bruder ihn gesehen hat."

„Gib mal die Chips rüber", sagte Eric.

Devi schob ihm unwillig die Schüssel hin.

„Wo?" fragte Stephanie, die Devis Geschichten satt hatte. Manchmal fragte sie sich, ob Devi eine Klatschbase aus Leidenschaft war oder ob sie einfach nicht anders konnte. Vielleicht war es bloß eine Angewohnheit.

„Mein Bruder hat ihn in eine Schwulenbar gehen sehen."

Alles schwieg.

Stephanie war froh, daß Kate unten war.

„Mr. Hassam ist 'ne Tunte?" Eric klang erstaunt.

„'ne Schwuchtel?" sagte Anne Delaney ungläubig.

Stephanie spürte, daß sie rot geworden war, und hielt den Blick gesenkt.

„Mein Bruder war auf der anderen Straßenseite und hat ihn in die Bar gehen sehen. Er sagt, er war sich hundertprozentig sicher, daß es Mr. Hassam war. Hundertprozentig." Devi zog das Wort Silbe für Silbe in die Länge.

„Er sieht nicht wie eine Schwuchtel aus", sagte Anne.

„Das könnte mir glatt den Kunstkurs vermiesen", sagte Eric.

Stephanie sagte nichts. Ihr war beinahe übel. Was, wenn sie dahinterkämen, was mit ihr los war? Wie konnte sie jemals hoffen, in einer Welt sie selbst zu sein, die sie dafür hassen würde, daß sie so war, wie sie war? Sie konnte Devi nicht ansehen.

In diesem Moment kam Kate wieder nach oben. Sie mußte im Flur etwas gehört haben. Ihr Gesicht war leicht gerötet. Oder vielleicht war sie auch nur außer Atem vom Treppensteigen.

„Da fällt mir ein", sagte Anne, die offenbar nicht merkte, daß Kate wieder da war, „ich habe ihn in den

Weihnachtsferien vor einem Kino in der Schlange gesehen, und er war mit einem Mann da."

„Und mich hat er einmal am Arm angefaßt", sagte Eric. „Am linken Arm."

Stephanie hielt den Kopf gesenkt. Sie hatte das Gefühl, solange sie die anderen nicht ansah, würden sie nichts merken, aber wenn sie ihr Gesicht sähen, würden sie ihr Geheimnis erraten. Ihr war sterbenselend.

„Aber Eric", sagte Kate. Sie klang streng. Stephanie hatte richtig vermutet: Kate war wütend. „Was hat er gesagt, als er dich am Arm berührte? Hat er einen Annäherungsversuch gemacht?"

Stephanie hob kurz den Kopf und sah ein kleines Lächeln in Devis Gesicht. Eric war ein bißchen rot geworden.

„Nein", antwortete er zögernd. „Er ... er hat gesagt, ‚gute Arbeit'. Mir war eine Zeichnung gut gelungen." Er machte eine Pause. „Meistens bin ich nicht so gut in Kunst."

„Dann hatte die Berührung keine sexuelle Bedeutung?" fragte Kate.

„Nein."

„Geht es euch überhaupt etwas an, was er außerhalb der Schule macht?"

Stephanie hob den Kopf und sah kurz zu Eric und Anne hin. Sie wirkten etwas verlegen. Das freute sie.

„Nein, aber es ist nicht richtig", sagte Anne. „Es ist krankhaft."

„Und warum ist es krankhaft?"

„Weil es unnatürlich ist."

Stephanie konnte Anne nicht ansehen. Warum mußte ausgerechnet sie das sagen? Warum mußte ausgerechnet sie sich am meisten aufregen? Anne. Anne Delaney, die Stephanies sämtliche Gedanken mit Beschlag belegte.

„Und warum ist es unnatürlich?" Kate hörte sich nicht besonders ärgerlich an. Im Gegenteil, es klang beinahe, als hätte sie Spaß an der Sache. Vielleicht hatte sie ähnliche Diskussionen schon öfter geführt und war daran gewöhnt.

„Darum."

„Warum?"

„Darum eben." Es war klar, daß Anne nicht viel darüber nachgedacht hatte. Sie hatte lediglich die Ansicht übernommen, daß Homosexualität unnatürlich sei. Sie hatte es nicht für nötig gehalten, es in Zweifel zu ziehen, sich eine eigene Meinung zu bilden.

Stephanie sah ein, wenn Anne nicht viel darüber nachgedacht hatte, dann spielte es in ihrem Leben wohl keine große Rolle, und es wäre sehr unwahrscheinlich, daß sie Stephanies Zuneigung jemals erwidern würde.

„Darum", wiederholte Anne. Sie hielt ihr halb verzehrtes Butterbrot so fest, daß das Brot schon ganz zermatscht war. „Weil man Kinder kriegen muß."

Devi kicherte. Stephanie unterdrückte einen Ausbruch, der ein hysterisches Lachen, aber ebenso ein Schluchzen hätte sein können.

Kate lächelte. „Kinder wird es immer geben. Ich

sage nicht, daß die ganze Welt homosexuell werden soll, nur daß man die Menschen, die es sind, akzeptieren muß. Ohne Vorurteil", fügte sie hinzu.

Anne antwortete nicht. Vielleicht fiel ihr nichts dazu ein.

Eric, der Kate sehr aufmerksam zugehört hatte, sagte: „Das mag ja richtig sein, aber im Kunstunterricht werde ich mich jetzt anders fühlen, nach dem, was ich über Mr. Hassam weiß."

Stephanie sah, wie Kates Gesicht sich verfinsterte. Es hat keinen Zweck, dachte sie. Sie werden ihre Meinung nicht ändern, weil sie denken, daß sie recht haben. Und sie denken, daß sie recht haben, weil die meisten Leute so denken.

Devi schien sich jetzt ein bißchen über den Verlauf des Gesprächs zu ärgern. Sie stand ungeduldig auf.

„Hören wir auf damit", sagte sie. „Ich muß bald gehen."

Später, als Stephanie zusammen mit Eric den Beton für die Rippenknochen rührte, hörte er plötzlich mitten im Rühren auf und sah sie eindringlich an.

„Stephanie", sagte er, und es klang sehr ernst.

„Ja?" Sie sah nicht hoch.

„Würdest du wohl mal wieder mit mir ausgehen?"

Stephanie überlief es kalt. Sie dachte daran, wie schrecklich es das letzte Mal gewesen war. Sie blickte zu Anne Delaney hinüber, die eifrig an dem Beckenknochen arbeitete.

„Also", sagte sie und verstummte. Was konnte sie sagen?

„Also", sagte sie wieder.

„Wir könnten machen, wozu du Lust hast", sagte Eric entgegenkommend. „Wir könnten ins Kino gehen. Oder ins Konzert. Oder sonstwohin."

„Ich kann nicht", sagte Stephanie. Sie konnte wenigstens ehrlich sein. Auch wenn sie Anne Delaney nicht sagen konnte, was sie für sie empfand, Eric konnte sie sagen, was sie für ihn empfand. Es war wichtig, daß sie fair zu ihm war, daß sie so aufrichtig war, wie sie konnte.

Eric machte ein erschrockenes Gesicht. „Warum nicht?"

Jetzt kam der schwierige Teil.

„Ich bin einfach nicht so an dir interessiert. Ich meine, ich mag dich. Aber ich mag dich als Freund." Sie sah Erics Gesichtsausdruck. „Als sehr guten Freund. Einen meiner besten Freunde. Vielleicht einen der besten Freunde, die ich je haben werde."

Eric machte immer noch ein verstörtes Gesicht.

„Es tut mir leid", sagte Stephanie. „Manchmal läuft etwas nicht so, wie es anfangs scheint. Ich kann nichts dafür, wie ich fühle. Niemand kann was dafür."

Eric hatte wieder angefangen, den Beton zu rühren. „Na gut", sagte er.

„Du bist mir nicht böse, oder?"

„Nein."

„Gibt ja auch eigentlich keinen Grund, deswegen böse zu sein."

„Ich weiß."

Stephanie sah wieder zu Anne Delaney hinüber. Sie hatte so haßerfüllt geklungen, als sie über Mr. Hassam sprachen.

„Tja", sagte Eric. „Wollen mir mal zusammen weggehen? Als Freunde?"

„Einverstanden."

Eric hörte auf zu rühren. „Okay. Ich glaube, der ist fast fertig. Kommen die Dornfortsätze als nächstes dran?"

„Die Dornfortsätze, ja", bestätigte Stephanie und ging die Form holen. Als sie die Form für die Dornfortsätze aus dem Gipsdurcheinander auf der Werkbank heraussuchte, fühlte sie eine Hand auf ihrer Schulter.

„Wie sieht es mit Kindern aus?" fragte eine klagende Stimme. Stephanie erstarrte. Es hörte sich an wie Anne Delaney. Sie fuhr herum und sah Devi, die grinsend hinter ihr stand.

„War das nicht das Dümmste, was du je gehört hast?" sagte Devi mit ihrer normalen Stimme.

„Na ja", meinte Stephanie matt. „Vielleicht hat sie sich tatsächlich Sorgen deswegen gemacht."

„Ach komm!" Devi wußte, wann Stephanie log. Sie waren schon so lange Zeit Freundinnen.

Stephanie lächelte. „Ja", sagte sie, „es war das Allerdümmste."

# 13. Kapitel

Einen Tag bevor die Betonformen zum zukünftigen Standort der Plastik gebracht wurden, aß Stephanie zur Feier des Tages mit Kate und Mary zu Abend. Sie feierten ihre erfolgreiche Zusammenarbeit und die bevorstehende Fertigstellung des Projekts. Sie feierten das Projekt selbst. Stephanie feierte ihre neuen Freundinnen. Mary feierte vermutlich die Rückgabe ihres Ateliers.

Sie aßen in Kates und Marys Küche. Sie saßen am Tisch, bei ausgeknipstem Licht und Kerzen, die tapfer im Dunkeln brannten. Sie hatten das Essen alle zusammen zubereitet – eine weitere erfolgreiche Zusammenarbeit und ein Grund mehr zum Feiern.

„Auf die Dinosaurier", sagte Kate, als alle saßen und mit dem Essen beginnen wollten. Sie hob ihr Glas.

„Auf die Ausgestorbenen." Mary hob ihr Glas.

„Auf die Knochen", sagte Stephanie, und sie stießen über die Kerzenflammen hinweg an.

„Großer Gott." Mary blinzelte im Halbdunkel. „Was habe ich auf meinem Teller? Ich kann nichts sehen. Ich glaube, ich werde blind."

„Das bist du schon, mein Schatz", sagte Kate liebevoll.

Stephanie unterdrückte ein Kichern.

Mary ignorierte die Bemerkung ebenso wie das erstickte Lachen.

„Wollt ihr noch mal feiern, wenn die Plastik aufgestellt ist?" Mary blinzelte immer noch. Das Blinzeln und die Schatten, die sich um ihre Augen bildeten, ließen sie ein bißchen unheimlich aussehen.

„Klar", sagte Stephanie. Sie hatte eine angenehme Vision von endlosen Feten.

„Und was ist das nächste Projekt?" fragte Kate.

„Das nächste Projekt?"

„Tu nicht so erschrocken. Hast du nicht vor, noch eine Plastik zu machen?"

Stephanie sah auf ihren Teller und spießte mit ihrer Gabel eine Kartoffel auf. „Vielleicht", sagte sie. „Vielleicht möchte ich noch eine machen. Aber zuerst brauche ich eine neue Idee." Sie hob die Gabel mit der Kartoffel und hielt sie vor ihren Mund. „Meinen Sie, ich kann gleichzeitig Paläontologin und Bildhauerin sein?"

„Natürlich", sagte Kate. „Ich finde, das ist ein wunderbarer Beruf."

„Finden Sie es schlimm", Stephanie hielt die Kartoffel immer noch direkt vor ihren Mund, „wenn die Leute einen für sonderbar halten?"

„Bist du sonderbar?" fragte Mary.

„Bin ich sonderbar?" fragte Stephanie Kate.

Kate antwortete nicht gleich. Sie blickte über Stephanies Schulter auf die Wand hinter ihr.

„Hör zu", sagte sie schließlich. „Zu der Zeit, als ich

Paläontologie studiert habe, wurden nur ganz wenige Frauen Paläontologin, und ich stieß auf Widerstand. Hauptsächlich von seiten meiner Eltern. Aber das legte sich später, und die Leute respektierten mich, weil ich das tat, was ich tun wollte." Jetzt blickte sie nicht mehr auf die Wand, sondern sah Stephanie an. „Du bist nicht dafür verantwortlich, was andere Leute von dir denken. Du bist nur für das verantwortlich, was du selbst von dir denkst. Und nach meiner Erfahrung ist es das Wichtigste, dein Leben so zu leben, wie du es leben willst."

„Und vollkommen zu der Person zu stehen, die du bist", ergänzte Mary.

„Aber", Stephanie legte ihre Gabel auf den Teller zurück. Sie war schwer geworden. „Es dauert so lange, bis man weiß, wer man ist."

„Du bist auf dem besten Wege", sagte Kate. „Du hast bei diesem Projekt Beachtliches geleistet. Eine Idee zu haben ist leicht. Es ist viel schwieriger, diese Idee bis ans Ende durchzuführen."

„Ich hatte keine andere Wahl. Ich habe den Wettbewerb gewonnen."

„Natürlich hattest du eine Wahl."

„Sie haben auch Beachtliches geleistet", sagte Stephanie. „Ohne Sie hätte ich es nicht geschafft."

„Es hat mir ungeheuren Spaß gemacht", sagte Kate. „Und ich werde bestimmt gerne wieder mit dir zusammenarbeiten."

„Aber nächstes Mal", sagte Mary, „nehmt ihr euch eine andere Werkstatt. Mein Atelier eignet sich nicht als Museum. Nicht, daß ich etwas dagegen gehabt hätte", fügte sie hinzu. „Aber auf die Dauer wäre es mir lieber, ihr würdet woanders arbeiten."

„Wir könnten einen Teil der Scheune umbauen", schlug Kate vor. „Und dort ein Bildhaueratelier einrichten."

„Ideal", meinte Mary. „Ein Projekt für den Frühling."

„Mary liebt Projekte für den Frühling", erklärte Kate Stephanie. „Wenn das Wetter wärmer wird, ist sie immer voller Tatendrang."

„Wir könnten es alle zusammen machen." Stephanie war Feuer und Flamme bei der Aussicht auf eine neue Gemeinschaftsarbeit. „Und vielleicht helfen meine Freundinnen und Freunde auch wieder mit."

„Ja", sagte Kate entschlossen. „Ein Projekt für den Frühling."

„Entschuldigt", sagte Mary. „So kann das nicht weitergehen."

„Was?" fragten Kate und Stephanie gleichzeitig.

„Diese Dunkelheit. Ich kann wirklich nichts sehen."

„Hier." Stephanie schob die Kerzen zu Mary hinüber und stellte sie rund um ihren Teller auf. Plötzlich lag alles Licht auf Mary und ihrem Teller, beide waren von sanftem Kerzenschein umrahmt. Es wirkte richtig unheimlich.

„Du siehst aus, als solltest du geopfert werden", sagte Kate fröhlich.

„Danke."

Sie blieben beim Essen sitzen, bis von den Kerzen nur noch flackernde Dochte und Wachspfützen übrig waren. Sie tranken Tee und fühlten sich behaglich und entspannt. Stephanie beugte sich über ihre Tasse hinweg zu Kate und Mary hinüber.

„Darf ich Sie etwas fragen?"

„Nur zu", sagte Mary.

Stephanie sagte einen Moment lang nichts.

„Wie ist das, wenn ...", sie hielt inne und begann noch einmal. „Wie ist das, wenn man so lange zusammenlebt?"

„Ist es lange gewesen?" Kate sah Mary an. „Muß wohl, schätze ich. Es kam mir aber schrecklich kurz vor."

„Mir kam es lange vor", sagte Mary, und ihr Lächeln sah in dem dämmrigen Kerzenlicht fast wie eine Grimasse aus.

„Wie haben Sie sich kennengelernt?" fragte Stephanie. Sie stemmte die Ellenbogen auf den Tisch und beugte sich über die verlöschenden Kerzen hinweg noch weiter vor.

„An der Uni", antwortete Mary. „Ich war eine talentierte Kunststudentin im letzten Semester, und Kate war Lehrbeauftragte für Paläontologie."

„Ich fand sie eingebildet", gestand Kate. „Aber ihre Bilder haben mir gefallen."

„Und ich fand, sie verstand viel von Kunst, aber von Menschenkenntnis hatte sie keine Ahnung." Mary trank einen großen Schluck Tee. „Manchmal ist es ernst gewesen, aber meistens war es lustig."

„Sehr lustig", bestätigte Kate.

Stephanie lehnte sich auf ihrem Stuhl zurück. Alle ungestellten und unbeantworteten Fragen lagen gleichsam zwischen ihnen auf dem Tisch. Eigentlich sollten die Fragen nicht gestellt werden müssen, dachte sie; es müßte sich von selbst verstehen.

„Wie ist das", fragte sie wieder, „wenn man so lange zusammenlebt?"

„Das hast du eben erst gefragt." Kate blickte leicht verwirrt drein.

Stephanie wußte nicht, wie sie es sagen sollte. Sie spielte einen Moment mit dem Kerzenwachs, bevor sie es noch einmal versuchte.

„Ich war oben", sagte sie mutlos.

„Ja", bestätigte Kate, „du warst oft oben."

„Ich habe oben alle Zimmer gesehen."

„Ja."

„Oh", meinte Mary plötzlich, „sie spricht von unserem Geheimnis." Sie lächelte aber dabei, und daraus schloß Stephanie, daß es nicht sehr geheim war.

„Ja", sagte sie erleichtert. „Davon spreche ich."

„Nun", sagte Kate, „wir haben dir schon gesagt, wie es war, so viele Jahre zusammen zu sein."

„Nein, nein." Mary legte sanft ihre Hand auf Kates Arm. „Das ist ihr nicht wirklich wichtig. Sie will wissen, wie das ist, so viele Jahre lesbisch zu sein. Das Lesbische an dieser Beziehung interessiert sie, nicht die Beziehung an sich."

Stephanie hätte es vielleicht nicht so ausgedrückt, aber Mary kam der Wahrheit ziemlich nahe.

„Es ist vielleicht unverschämt, solche Fragen zu stellen", sagte Stephanie entschuldigend. „Ich möchte nicht unverschämt sein, ich ..."

„Ist schon gut." Kate lächelte aufmunternd. „Es stört uns nicht. Wenn man Menschen kennenlernt, stellt man Fragen, das gehört dazu."

Stephanie trank einen Schluck Tee. Endlich war es soweit. Endlich konnte sie von sich sprechen, von Anne Delaney, von der ganzen Verwirrung und Panik in ihrem Innern. Nachdem sie es so lange in sich verschlossen hatte, fiel es ihr schwer, Worte für ihre Gefühle zu finden und sie Kate und Mary zu offenbaren, die mit erwartungsvollen Gesichtern dasaßen. Sie wollte versuchen, sich so einfach wie möglich auszudrücken.

„Ich glaube, ich hab' mich in ein Mädchen verliebt", sagte sie.

„Das ist ja wunderbar", rief Mary aus.

„Eigentlich nicht."

„Liebt sie dich auch?" fragte Kate.

„Nein. Sie weiß nicht, was ich fühle."

Stephanie stellte ihre Tasse auf den Tisch. „Ich weiß selbst nicht, was ich fühle."

„Du bist verliebt", sagte Mary fröhlich.

„Ja, ich glaube. Aber", sagte Stephanie, „ich war noch nie verliebt, wie kann ich es da genau wissen? Und wenn ich verliebt bin, was hat das zu bedeuten?"

„Muß es denn mehr zu bedeuten haben als das, was es ist?" Kate runzelte leicht die Stirn. „Ist die Liebe nicht genug?"

„Diese Frage ist im Laufe der Zeit immer wieder gestellt worden", warf Mary ein. „Ist Liebe genug? Ist Geld genug? Ist irgendwas genug?"

„Okay", sagte Stephanie. „Angenommen, ich bin in dieses Mädchen verliebt." Sie brachte es nicht fertig, Annes Namen zu sagen, weil sie dadurch die Sachlichkeit zerstört hätte, um die sie sich so bemühte. „Angenommen, ich bin verliebt. Bedeutet das, daß ich lesbisch bin?"

Stille.

„Das weiß ich nicht", sagte Kate. „Es gilt als ganz natürlich, wenn Mädchen für andere Mädchen schwärmen."

„Es gilt als ebenso natürlich, daß sich das wieder gibt", fügte Mary hinzu. „Vielleicht mußt du nur abwarten und sehen, was passiert. Laß dir Zeit."

„Falls du lesbisch bist", fuhr Kate fort, „wirst du es früher oder später genau wissen. Du wirst dich zu einer Frau hingezogen fühlen, die sich zu dir hingezogen fühlt. Dann wirst du es wissen."

„Bist du beunruhigt deswegen?" Mary blinzelte im Halbdunkel, um Stephanie besser sehen zu können.

„Meistens", sagte Stephanie. „Anscheinend denken alle, es ist etwas Schlimmes."

„Ich nicht", sagte Mary.

„Ich auch nicht", sagte Kate.

Stephanie lächelte. Sie fühlte sich wohl und geborgen in diesem Haus bei ihren neuen Freundinnen. „Ich vielleicht auch nicht", sagte sie.

# 14. Kapitel

Für den Tag, an dem die Plastik aufgestellt werden sollte, war Schnee angesagt. Aber als morgens alle vor der Schule versammelt waren und auf die Ankunft der Lastwagen mit den Betonformen warteten, lag kein Schnee. Der Himmel war bleigrau. Die Luft war so kalt, daß man seinen Atem sehen konnte. Aber es schneite nicht.

Sie standen dicht aneinandergedrängt an der Treppe zum Haupteingang – Stephanie, Kate, Mary, Eric, Mark und Devi. Anne Delaney hatte zu Stephanies Erleichterung an diesem Morgen nicht kommen können. Sie mußte mit ihren Eltern irgendwohin. Sie hätten sie gezwungen, beklagte sie sich bitter am Telefon bei Stephanie. Sie sagte irgendwas von einer kranken Verwandten. Stephanie hatte nicht richtig zuhören können, als sie mit Anne sprach. Schon beim bloßen Klang ihrer Stimme geriet Stephanie völlig aus dem Häuschen.

Der Morgen hatte nicht gut angefangen. Das Wetter hätte viel wärmer sein sollen, aber in letzter Minute war eine gewaltige Kaltfront aufgezogen, und die Temperatur war gefallen. Die Lastwagen, die die Betongüsse brachten, hätten um neun Uhr zur Stelle sein sollen. Jetzt war es halb elf. Stephanie war selbst erst um Viertel vor zehn gekommen, weil das Auto ihrer Eltern nicht angesprungen war und sie sich von einem Nachbarn Starthilfe geben lassen mußten. Obendrein hatte sie entsetzliche Angst, daß die Plastik schrecklich aussehen würde, wenn alle Teile zusammengesetzt wären. Sie hatte vor Sorge fast die ganze Nacht wachgelegen und sich vorgestellt, wie dämlich das Ding aussehen würde. Alles in allem war der Tag bis jetzt nicht gerade gut verlaufen.

„Wo bleiben die bloß?" fragte Stephanie ungeduldig zum vielleicht sechzehnten Mal. Niemand antwortete.

Niemand wußte eine Antwort.

„Ich friere." Mark schob die Hände tiefer in die Taschen seines Parkas. „Warum ist es bloß so kalt?"

„Es war Schnee angesagt. Wenigstens schneit es nicht." Mary bemühte sich, die Stimmung aufzuheitern.

„Sei still, Liebes", sagte Kate. Das „Liebes" fügte sie nach einer beachtlichen Pause an. Stephanie kicherte. Mary legte ihre fröhliche Fassade ab und paßte sich dem allgemeinen Trübsinn an. Sie standen da und schwiegen, die Köpfe gesenkt, die Hände in den Taschen.

Ein Geräusch übertönte alle anderen Geräusche in der Ecke des Schulhofes, wo sie standen. Das Geräusch von starken Motoren. Stephanie drehte sich um und sah drei Lastwagen ankommen.

„Sie sind da", sagte sie überflüssigerweise, denn alle hatten die Laster gesehen.

Die Stimmung besserte sich. Die Teile der Plastik

wurden vorsichtig von den Lastwagen geladen. Die Formen wurden entfernt und die Teile von den Kränen auf den Lastern an Ort und Stelle gehievt. Niemand klagte mehr über die Kälte. Alle sahen gespannt zu, wie die Skulptur Gestalt annahm.

„Was ist, wenn sie ein Teil fallenlassen?" meinte Stephanie nervös, als der Dinosaurierbeckenknochen durch die Luft schwebte.

„Sie lassen schon nichts fallen", sagte Kate.

„Aber wenn?"

„Keine Angst, es passiert schon nichts."

„Und wenn sie nicht gut geworden ist? Wenn sie dämlich aussieht, nachdem sie aufgestellt ist?"

Kate legte Stephanie ihre Hand auf die Schulter. „Hör auf", sagte sie sanft. „Es ist zu spät, an so etwas zu denken. Es ist zu spät. Sie ist fertig."

Stephanie schwieg. Sie standen beieinander und sahen zu, wie aus den Einzelteilen die Plastik entstand.

Als sie vollständig aufgestellt war und die Lastwagen fort waren, begutachtete Stephanie mit ihren Freundinnen und Freunden das fertige Stück; sie prüften es auf Unvollkommenheiten und behoben die wenigen rauhen Stellen im Beton. Danach wachsten sie die Plastik ein, um sie vor Witterungseinflüssen zu schützen. Und dann war sie fertig. Es war geschafft. Ein Riesenschädel erhob sich über dem flachen Schulgelände. Ein riesiger, schöner Dinosaurierkopf. Stephanie war immer noch so nervös und ängstlich, daß sie vorerst gar nicht alles erfassen konnte. Der ganze

Tag erschien ihr unwirklich, als würde er sich anderswo abspielen. Sie konnte nicht recht glauben, daß es vorbei war, daß ihr Werk vollendet war.

Alle gingen mit zu Stephanie nach Hause, wo es etwas zu essen und heiße Getränke gab. Es war als Feier gedacht, aber sie wirkten nicht richtig froh. Alle waren niedergeschlagen, nachdem das Projekt nun fertig war.

„Es ist einfach traurig", sagte Devi. „Ich meine, es ist schön, daß die Plastik aufgestellt ist. Und sie sieht phantastisch aus. Aber es ist eben – tja, es ist vorbei."

„Ja", stimmte Eric zu. „Jetzt gibt es nichts mehr zu tun."

„Du kannst sie bewundern", riet Mary ihm.

„Wie lange hält Bewunderung an? Eine Woche? Vielleicht zwei Wochen?"

Stephanie sah in die Runde zu ihren Freundinnen, Freunden und Angehörigen, und auf einmal war sie wieder froh.

„Im Frühjahr", sagte sie, „werde ich wohl etwas Neues bauen. Etwas anderes Großes."

Mit dieser Ankündigung schlug die Stimmung um, und langsam wurde aus der Zusammenkunft eine Feier, wie sie von Anfang an geplant gewesen war. Sie blieben ein paar Stunden zusammen, unterhielten sich, aßen und machten Pläne für das nächste Projekt.

Als Stephanie später zur Garderobe in der Diele ging, um die Mäntel derjenigen zu holen, die gehen wollten, sah sie Anne Delaney draußen auf der Treppe stehen. Sie öffnete die Tür.

„Ich wollte gerade klopfen", sagte Anne.

„Ich wollte gerade die Mäntel holen", sagte Stephanie. Sie hielt die Tür weit auf, und Anne trat in die Diele.

„Ich konnte ein bißchen früher weg." Anne machte keine Anstalten, den Mantel auszuziehen. „Ich dachte mir, daß ihr alle hier seid."

Stephanie setzte sich auf eine Treppenstufe.

„Sie sind alle im Wohnzimmer."

„Ich kann nicht bleiben." Anne lehnte sich gegen die Tür. „Meine Eltern."

Annes Eltern mußten strenger sein als ihre eigenen, dachte Stephanie, wenn sie dermaßen über ihre Zeit verfügten. Stephanie war voll Dankbarkeit für die vielen Male, als ihre Eltern sie tun ließen, was sie wollte.

„Ich bin bloß vorbeigekommen", sagte Anne, „um dir zu sagen, daß ich im Bus auf dem Weg hierher an der Plastik vorbeigefahren bin. Sie sieht gut aus. Nein, sie sieht phantastisch aus."

„Danke." Stephanie wurde plötzlich klar, daß sie mit Anne Delaney sprach. Und daß sie gar nichts Dummes sagte. Gut so. Vielleicht war sie von der aufreibenden Prozedur am Morgen so erschöpft, daß nichts sie berührte. Oder vielleicht hatte sie sich an Anne Delaneys Nähe gewöhnt, und es war nichts Besonderes mehr, mit ihr zu sprechen. Ihr war außerdem klargeworden, daß sie während der Aufstellung der Skulptur keinmal an Anne gedacht hatte. Nicht ein einziges Mal. Vielleicht hatte sich durch diese kurze Zeitspanne, die sie in Gedanken nicht bei Anne war, etwas geändert.

„Hast du das vor?" fragte Anne.

„Was?"

„Mit deinem Leben."

„Meinem Leben?"

Anne schob die Hände in ihre Manteltaschen.

„Hast du das vor? Sachen aus Knochen machen?"

„Ich glaube ja."

„Und was ist mit Geld?"

„Ich weiß nicht." An diesen Aspekt hatte Stephanie noch nie gedacht. „Es wird schon gehen, schätze ich."

„Es ist sehr mutig, so was zu machen."

Stephanie sah Anne verwirrt an. Mutig war ihr das nie vorgekommen. Wovon redete sie? Stephanie hatte das Gefühl, daß sie nicht viel über Anne Delaney wußte, und was sie wußte, waren lauter Dinge, die sie nicht so toll fand.

„Was willst du mal werden?" fragte sie.

Anne zögerte mit der Antwort, dann lächelte sie übers ganze Gesicht und sagte: „Ich will reich werden."

„Und was sonst?"

Das Lächeln verschwand. „Sonst nichts."

„Wie willst du das anstellen?"

„Weiß ich nicht."

„Ich glaube nicht, daß es so einfach ist, reich zu werden", sagte Stephanie zweifelnd. Sie hätte am liebsten hinzugefügt, „oder so aufregend", aber sie hielt sich zurück. Sie wußte, daß Geld unumgänglich war, aber sie konnte es sich nicht interessant vorstellen, ihr Leben damit zu verbringen, Geld in großen Mengen anzuhäufen.

Sie schwiegen eine Weile.

Anne nahm die Hände aus den Taschen. „Ich muß jetzt gehen. Meine Eltern warten."

Stephanie kam mit und hielt ihr die Tür auf.

„Bis bald", sagte Anne.

„Bis bald." Stephanie schloß die Tür.

Sie stellte sich an die Haustür und spähte durchs Fenster. Sie sah Anne über die Einfahrt auf die Straße gehen.

„Ich dachte, du wolltest meinen Mantel holen?" Devi stand hinter ihr und guckte über Stephanies Schulter durchs Fenster, um zu sehen, wohin sie starrte. Stephanie drehte sich zu ihrer Freundin um.

„Weißt du, was Anne Delaney mit ihrem Leben anfangen will?"

„Was?"

„Reich werden."

„Und sonst?"

Stephanie lächelte. „Dasselbe habe ich auch gedacht. Und sonst? Sonst nichts."

„Vielleicht weiß sie es bloß noch nicht." Devi suchte immer gerne nach Gründen für das Verhalten anderer.

„Nein, ich glaube, das ist alles, was sie werden will."

Stephanie warf wieder einen Blick zur Tür. „Ich meine, es ist in Ordnung, wenn man das unbedingt will. Aber es paßt überhaupt nicht zu meiner Vorstellung vom Leben."

„Ich hab' sowieso nie kapiert, warum du wolltest, daß Anne Delaney mithilft", sagte Devi. „Sie ist keine richtige Freundin von dir oder so was."

Hm, dachte Stephanie, ich könnte es ihr sagen oder auch nicht. So sehr Devi sie manchmal auch nervte, sie war immer noch Stephanies beste Freundin.

„Kannst du ein Geheimnis für dich behalten?"

„Du weißt, daß ich das nicht kann." Devi machte ein bekümmertes Gesicht. „Ich posaune immer alles aus."

„Es ist etwas Persönliches." Stephanie holte tief Atem und ließ die Luft langsam heraus. „Ich möchte nicht, daß es jemand anders erfährt."

„Ich könnte es versuchen." Devi sah zweifelnd drein. „Okay, ich könnte mich ganz fest bemühen."

„Du könntest es versprechen."

„Gut, ich verspreche es."

„Ehrlich?"

„Ehrlich."

Stephanie holte tief Luft. „Weißt du noch, neulich in der Bücherei? Die Bücher, die ich auf dem Tisch hatte?"

„Ja?"

„Ich hab' sie gelesen."

„Und?"

„Ich mag Anne Delaney."

„Und?"

Es lief nicht gut. Stephanie hatte gedacht, mehr würde sie nicht sagen müssen. Vielleicht sollte sie es vergessen. Sich herauswinden. Lügen. Das Thema wechseln.

„Ich mag – na ja, eigentlich nicht mehr so sehr, glaube ich –, aber egal." Sie machte eine Pause und versuchte es noch einmal. „Ich war in Anne Delaney verknallt, so wie du in Eric verknallt bist."

„Woher weißt du, daß ich in Eric verknallt bin?" Devi machte ein leicht erschrockenes Gesicht. Stephanie wartete, bis Devi es verdaut hatte, daß ihre Verknalltheit kein Geheimnis war.

„Du meinst", sagte Devi ein bißchen zu laut, „du meinst, du bist lesbisch?"

„Vielleicht." Stephanie hatte plötzlich das Gefühl, sich verteidigen zu müssen, und sie wünschte, sie hätte nichts gesagt. „Ich weiß nicht recht. Ich war in Anne Delaney verknallt. Und wenn ich lesbisch bin, was dann?"

„Du und Anne Delaney. Ihr paßt überhaupt nicht zusammen. Das hätte ich dir gleich sagen können." Stephanies Eröffnung schien Devi zu verwirren. „Du hättest mich fragen können."

Stephanie lehnte sich gegen die Tür. „Ich wußte nicht, was ich sagen sollte. Es ist schwierig. Was denkst du jetzt von mir?"

Devi lächelte auf ihre Füße hinunter. „Weißt du noch, wie ich erzählt habe, daß mein Bruder Mr. Hassam in die Schwulenbar gehen sah?"

„Ja."

„Er hat ihn nicht auf der anderen Straßenseite gesehen. Er hat ihn in der Bar gesehen. Deshalb wußte ich so genau, daß er dort war."

„Dein Bruder ist schwul?" Das war das letzte, was Stephanie von Devi zu hören erwartet hätte.

„Er hat es mir vor ungefähr einem Jahr gesagt."

„Und du hast mir nie etwas erzählt?"

Devi, die kein Geheimnis für sich behalten konnte, die nichts lieber tat, als Klatsch zu verbreiten, hatte Stephanie nichts davon gesagt. Stephanie mochte es kaum glauben, daß Devi so verschwiegen sein konnte.

„Ich dachte, du würdest es nicht verstehen", sagte Devi.

„Und ich dachte, du würdest *mich* nicht verstehen." Stephanie lächelte. „Geh noch nicht. Bleib noch ein bißchen."

Devi lächelte zurück. „Gehen wir nach oben. Ich höre, da wird gestritten. Ich will wissen, worüber."

Oben auf der Treppe drehte sie sich um, um zu sehen, ob Stephanie ihr folgte. Nein. Stephanie stand noch an der Haustür.

„Nun komm schon."

Stephanie ging die Treppe hinauf. Devi wartete auf sie.

„Eines verstehe ich nicht", sagte Devi.

„Was?" Stephanie überlief es kalt vor Furcht.

„Warum Anne Delaney? Sie ist eine dumme Pute."

Stephanie lächelte, und dann lachte sie, hauptsächlich aus Erleichterung. Als sie wieder ins Wohnzimmer gingen, lachten sie alle beide.

Die Gruppe im Wohnzimmer hatte Stephanie anscheinend gar nicht vermißt. Mark und Kate unterhielten sich über die Uni. Stephanies Mutter erzählte Eric von einem Auto, das sie einmal hatte. Und zu Stephanies Freude befanden sich ihr Vater und Mary in angeregtem Gespräch über Farbreproduktionen. Vielleicht würde er jetzt nicht mehr so engstirnig sein, nachdem er homosexuelle Menschen kennengelernt, sich mit ihnen unterhalten und gemerkt hatte, wie nett sie waren.

„Das war ein schöner Tag", sagte Devi, „oder nicht?"

Stephanie lächelte sie an. „Ja."

***

*Am nächsten Morgen ging Stephanie vor Sonnenaufgang leise aus dem Haus. Die Straßen waren schneebedeckt, ihre Schritte klangen dumpf und leise auf dem Bürgersteig. Die ganze Nacht hatte sie geträumt, daß die Skulptur nicht wirklich da war, daß sie sich das ganze Projekt nur eingebildet hatte. Sie war früh aufgewacht. Sie mußte sich überzeugen, daß die Plastik Wirklichkeit war.*

*Die Sonne lugte an einer Himmelsecke hervor, als Stephanie auf den Schulhof trat. Vor ihr, jenseits einer verschneiten Fläche, ragte die Skulptur auf wie ein Berg. Stephanie blieb stehen. Wie unglaublich groß. Wie schön. Die Sonne kroch durch die Teile und warf Lichtstrahlen auf die Knochen. Stephanie ging zu der Plastik und legte ihre Hand, die in einem Fausthandschuh steckte, auf einen Dinosaurierbeinknochen. Sie nahm die Hand fort, zog den Fäustling aus und legte die bloße Hand auf die Oberfläche. Kalt, etwas rauh. Solange sie ihre Hand darauf hatte, gehörte das Werk ihr. Wenn sie die Hand fortnähme, würde es nicht mehr ihr gehören. Es würde sich selbst gehören und Teil seiner Umgebung werden.*
*Die Sonne warf Lichtstrahlen durch die Knochen.*
*Stephanie nahm ihre Hand fort.*